Meu pseudônimo e eu

Marco Guimarães

Meu pseudônimo e eu

OCTAVO
São Paulo

Meu pseudônimo e eu

Capa
Daniel Rampazzo / Casa de Ideias

Imagem da capa
George S. Zimbel / Getty Images

Preparação
Rosana de Angelo

Revisão
Tarcila Lucena

Projeto gráfico e editoração eletrônica
Ida Gouveia / Oficina das Letras

Grafia atualizada conforme o Novo Acordo Ortográfico da Língua Portuguesa

Dados Internacionais de Catalogação na Publicação (CIP)
Câmara Brasileira do Livro, SP, Brasil

Guimarães, Marco
Meu pseudônimo e eu / Marco Guimarães. -- São Paulo : Octavo, 2011.

ISBN 978-85-63739-08-7

1. Ficção brasileira I. Título.

11-12569 CDD-869.93

Índices para catálogo sistemático: 1. Ficção : Literatura brasileira 869.93

[2011]

EDITORA OCTAVO LTDA.
Rua dos Franceses, 117
01329-010 São Paulo SP
Telefone (11) 3262 3996
www.octavo.com.br

Para Madalena e Clarisse.

1

Centro Cirúrgico do l'Hôpital Pitié-Salpêtrière, Paris, 1h03 da tarde.

Nós o perdemos, nada mais a fazer. O cirurgião-chefe da equipe olhou para um dos assistentes e disse: – Anote a hora da morte; passe para o registro e solicite a remoção do corpo.

•••

Em outro lugar de Paris, 1h03 da tarde.

Se tudo tivesse ocorrido conforme esperado, um homem com chapéu preto na cabeça e sobretudo da mesma cor, segurando um jornal enrolado em uma das mãos, deveria estar à minha espera na saída da escada rolante do RER B, ao lado do Jardim de Luxemburgo. Os detalhes foram minuciosamente planejados por esse desconhecido. Eu também deveria ter um jornal em uma das mãos. A outra deveria estar segurando uma pasta de couro preta com o documento solicitado. Tão logo nos avistássemos, eu o seguiria até o interior do jardim, ele escolheria um banco vazio e eu me sentaria ao seu lado. Embora isso já fosse suficiente para a recíproca identificação, as ordens eram para que meu jornal fosse o *Le Monde*; ele estaria com o *Le Figaro*. Trocaríamos os jornais. Um roteiro me fora passado: assim que ele abrisse meu jornal, eu deveria entregar a pasta que havia trazido. Ele fecharia o jornal e sairia do jardim. Eu deveria esperar alguns minutos, distraindo-me com a leitura do jornal, até seu total desaparecimento. O plano era digno de um filme de espionagem.

A indolência do céu nublado daquele dia invernal parisiense e um relógio sem a menor pressa aumentavam minha angústia da espera. O receio de ele não aparecer oprimia meu peito e disseminava em meu espírito um tênue e difuso mal-estar, cujo motivo principal era o medo de não conseguir cumprir minha tarefa.

Tudo havia sido organizado para dar certo; mas, após dez minutos de espera, comecei a pressentir que as coisas dariam errado. Vinte minutos, meia hora, e nada. O homem não apareceu.

Com a esperança de encontrá-lo, resolvi entrar no jardim em busca de alguém com a mesma descrição. Cansado depois de vasculhar milimetricamente, em vão, o Jardim de Luxemburgo, resolvi me sentar. Vi, então, uma pessoa apontando para o chão ao meu lado e dizendo-me:

– Senhor, caiu algo do bolso de seu sobretudo.

Era um pedaço de papel dobrado. Agradeci, desdobrei o que parecia ser um bilhete e li: "Você não deveria ter trazido mais alguém para o nosso encontro. Da próxima vez, venha só. Aguarde meu telefonema". A primeira questão a responder era como aquele pedaço de papel teria ido parar no meu bolso? Não tardei a concluir que o bilhete me fora passado enquanto esperava o estranho. Talvez ele tenha iniciado sua vida criminosa como batedor de carteiras e desenvolvido, à época, as habilidades mantenedoras da subsistência da classe: colocar – ou retirar – objetos em qualquer lugar ou nos bolsos de qualquer pessoa. E minha excessiva preocupação em encontrá-lo facilitou sua tarefa, pois eu me tornara também um alvo fácil para todos os delinquentes da área. Ele poderia ter utilizado o telefone e enviado uma mensagem via SMS, mas preferiu aproximar-se incognitamente de mim, enfatizando, assim, seu poder.

Mas um fato ainda mais importante me intrigava: eu não trouxera ninguém comigo, nem sequer falara sobre o caso com quem quer que fosse, embora por uma ou duas vezes tivesse pensado em procurar a polícia ou em conversar com Antônio, um amigo ex-policial.

Meu telefone tocou e o visor do aparelho mostrava uma chamada não identificada. Pensei em não atender, pois tinha como norma não aceitar telefonemas de pessoas cujo número não aparece no visor do telefone, mas e se fosse ele?

– Você é louco?

– Louco? O senhor poderia se identificar?

– Não. E agora ouça com atenção o que tenho para lhe dizer.

– Estou ouvindo.

– Posso vê-lo daqui. Não adianta tentar me encontrar, pois você não vai conseguir. Tenho ordens para pegar essa sua pasta. E fui bem claro com relação a outras pessoas no nosso encontro, não fui?

– Foi. Entendi a ordem e fiz tudo como pediu.

– Fez? Você me toma por idiota? E esse homem ao seu lado, com você desde que saiu de casa?

– Homem? Desde a minha casa?

– Você ouviu bem, é isso mesmo. Acompanhou você desde a sua casa.

– Está me dizendo que fui seguido pelo senhor desde a minha casa?

– Isso não importa, o importante agora é saber por que você não está sozinho. Você parece não ter se dado conta da gravidade da situação. Basta um telefonema meu e... Mas vou lhe dar mais uma chance.

– Agora sou eu quem pergunta: o senhor é louco? Não há ninguém ao meu lado, e tampouco comentei o fato com alguém.

Ele desligou o telefone dizendo-me ser necessário abortar a operação. Eu deveria esperar um novo contato. Minha preocupação aumentou ainda mais, pois sabia estar lidando com um bando de canalhas, mas não sabia, até então, que eram loucos. – Alguém do meu lado? – pensei. Por via das dúvidas, fiz com os olhos mais uma varredura do meu entorno. Não havia vivalma em um raio de, pelo menos, uns cem metros.

"Ele fez novos contatos?"

"Fez, eu sabia que faria. E pensar que eu poderia ter evitado tudo isso se, desde o início, tivesse escrito meus livros com meu próprio nome."

"Para você tudo aconteceu porque não pôs seu próprio nome nas suas obras?"

"De certa forma, sim. Avisos não me faltaram. Meu psicanalista praticamente me ordenou, meus amigos suplicaram que eu assinasse os livros com meu próprio nome. Mas por que, meu Deus, eu usei um pseudônimo?"

"Aí temos uma boa pergunta: por que você utilizou um pseudônimo? Não seria pelo seu nome."

"Eu já me perguntei se estaria com vergonha do meu nome. Depois pensei: afinal, não fui batizado como Dezêncio Feverêncio de Oitenta e Cinco ou Fridundino Eulâmpio. Sei que esses nomes existem, e seus donos, tenho certeza, se um dia escrevessem um livro, não usariam um pseudônimo. Não envergonhariam seus pais, ou seja lá quem quer que lhes tenha dado essas barbaridades alcunhativas. Portanto, a vergonha não se aplicava ao meu caso."

"Pois é, meu caro, vou lhe dizer uma coisa: o importante em um livro não é o nome do autor em si. A plausibilidade, a mensagem levada aos leitores, a virtualidade da linguagem, o conteúdo, esses sim são os elementos-chaves em um bom livro. E você, como escritor, sabia muito bem disso."

"Eu sabia. Fui imprudente; mas será que os que me aconselharam a não usar o pseudônimo agiriam de forma diferente se estivessem na minha situação? Não, salvo exceção de alguns.

De certa forma, a natureza humana é hipócrita inconsciente."

"Hipócrita inconsciente?"

"Exatamente. Volte ao passado, ao tempo de nossa saudosa escola secundária, e procure lembrar das aulas de filosofia. Montaigne nos mostrou uma pintura perspicaz da natureza humana e fez uma perfeita radiografia do espírito do século XVI, atento a todas as inquietudes da época, mas que pode ser perfeitamente utilizado nos dias atuais."

"Prossiga, estou escutando."

"Pois bem, lá pelas tantas, em *Ensaios – Da Vaidade*, encontramos o seguinte:

> *Para que servem esses píncaros elevados da filosofia, em cima dos quais nenhum ser humano se pode colocar, e essas regras que excedem a nossa prática e as nossas forças? Vejo, frequentes vezes, proporem-nos modelos de vida que nem quem os propõe nem seus auditores têm alguma esperança de seguir ou, o que é pior, desejo de fazê-lo."*

"Se bem entendi, há um prazer muito próximo da visceralidade quando reprimimos uma pessoa que está errada. Apesar de demonstrarmos sólido domínio sobre as falhas que apontamos, cometemos os mesmos ou piores erros do que aqueles que tentamos corrigir, não é isso?"

"Exatamente."

"Então, você pensa ter aí um bom motivo para desconsiderar as críticas que ouviu e por não ter seguido os conselhos sobre que nome usar nos seus livros?"

“Confesso que sim, mas, por outro lado, tenho pensado muito nisso tudo. Como poderia pressupor que as coisas avançariam para o ponto em que chegaram? Lewis Carroll, Mark Twain, Stendhal, Voltaire e outros eram pseudônimos, e não há relatos de que os homens que estavam por trás deles tenham passado pelo que passei.”

“Que tal me contar os detalhes? Por sorte, não precisamos nos preocupar com o tempo.”

“Tudo começou há pouco mais de um ano. Eram oito e trinta e cinco da noite quando ela digitou o código para entrar no edifício onde morava. Entrou e se dirigiu à caixa de correio, situada no meio da parede direita do corredor que a conduziria ao elevador. Retirou a pequena, quase minúscula, chave da bolsa, abriu a caixa e pegou a correspondência ali depositada: um envelope grená elegantemente fechado com fita adesiva preta; na parte superior direita, as iniciais *L&P: Letras e Palavras*, com letras em alto-relevo bordadas em material dourado. Era a única correspondência do dia; ela concentrou a atenção no que acabara de receber. Parecia ser um convite. Abriu o envelope, retirou seu conteúdo e iniciou a leitura:

Prezada Leitora,

A Livraria Letras e Palavras, na tentativa de vender seu estoque e salvar-se da crise econômica que também atinge você, sua família, o país e todo o continente, tem o prazer de convidá-la para a noite de autógrafos do livro *Colagens do Imaginário,* de Marcel Rodd. A essa altura você deve estar pensando: “Ora, para ajudá-los a safar-se dos seus problemas financeiros, desembolsarei sabe-se lá quanto, e, obviamente, embora a quantia não seja um absurdo, fico um pouco mais pobre". No entanto, conhecedores de sua paixão pelos livros e de seu consumismo incontrolável – sem ofensas e nada contra –, temos a certeza de contar com sua presença e com a compra certa de um exemplar ou, quem sabe, de dois ou três, no caso de desejar presentear um amigo. Ah, não tem dinheiro? Isso não é problema. Você pode nos dar um cheque, e, se não tiver fundos para cobri-lo, não se preocupe, nós o repassaremos para o autor como forma de pagamento. Eles reclamam, mas não damos ouvidos; nós os temos na palma de nossa mão e lhes pagamos quando queremos. Tal procedimento lhe dará tempo para repor os fundos do seu cheque quando lhe aprouver."

"Admito a originalidade do convite."

"Também concordo. Essa carta-convite foi gerada e ancorada em uma estratégia textual preparada para prever os movimentos do leitor. O emitente soube fazer um produto cujo destino interpretativo fez parte do mecanismo gerativo e no qual as competências gramaticais da fonte emissora, o articulista, e da fonte receptora, nesse caso o leitor, consolidavam-se em um perfeito casamento."

"Com certeza, o autor do convite pensou que se elaborasse um texto lugar-comum ou cheio de pretensas frases sedutoras sobre a excelência da obra em questão, seria mais um convite entre tantos. O leitor, se educado, o abandonaria enfastiado, dando-lhe como destino a lata de lixo que estivesse mais perto. Caso contrário, simplesmente se desfaria do envelope e de seu conteúdo, deixando-o cair aos seus pés, sujando e poluindo o ambiente."

"Essa moça ou rapaz, senhor ou senhora – mas provavelmente uma moça ou rapaz – responsável pela missiva com certeza caminhou pelos textos de *Lector in Fabula*, de Eco; ou estaria pensando nas propostas semióticas de Jakobson? Ou quem sabe nas considerações de Barthes, em *O prazer do texto*? Ou talvez em todos esses livros e em mais algum; ou então em nenhum deles, e, nesse último caso, somos levados a pressupor que ela ou ele seja um autodidata dotado de um razoável senso de humor."

"Não importa; a autora ou autor desse convite levou em conta que era preciso, no mínimo, ser diferente para levar o leitor à livraria."

"Só neste ano, houve setecentos romances lançados apenas na cidade de Paris."

"E haja leitores para tudo isso."

"Ela não acreditou no que lia, deu uma boa gargalhada e deve ter dito para si mesma: – Deve ser uma nova estratégia de vendas, e, pelo visto, eficiente. Eles me convenceram. – Fotografou o convite com o celular, mecanismo que normalmente utilizava para gravar os cartões de visitas e uma ou outra coisa mais, e resolveu, além disso, marcar o compromisso na agenda eletrônica do aparelho, programado para, em quatorze dias, um dia antes do evento, avisá-la através de um estridente sinal sonoro."

"E qual era seu nome?"

"Chamava-se Marianne, Marianne Lacroix. Uma morena alta, trinta e dois anos, cabelos fartos, mas bem curtos, olhos castanhos e inquisidores, um rosto em que a fronte, a linha do maxilar, o nariz afilado e o queixo se sintonizavam revelando rara beleza. Não possuía as curvas acentuadas e a bunda excessivamente grande que costumam frequentar os corpos das chamadas *boazudas*. A natureza a privilegiara com uma graciosa e elegante forma corporal, na qual se podia notar um belo par de pernas, com as coxas que exibiam, na parte posterior e superior, uma massa muscular harmonicamente distribuída em duas partes globulares, dignas de servir de modelo para uma escultura cujas formas se harmonizam em todos os seus segmentos. A *Tocadora de flauta*, escultura na qual Camille Claudel esculpiu uma mulher com belo corpo, inspirada em uma flautista de canto medusante, poderia servir de comparação. Assim era ela – uma linda e atraente mulher –, e os homens deveriam se amarrar ao mastro de um navio para não sucumbir ao encanto de sua voz, tal qual fez Ulisses. Mas Marianne não se dava conta do poder de feitiço que exercia sobre o gênero oposto, e, a considerar por sua idade, talvez nunca o percebesse. Devia também ser apreciada pelas de igual gênero, especialmente aquelas que – por desilusão ou livre escolha – optaram por não se relacionar com o sexo oposto."

"Ela tinha algum trabalho?"

"Era licenciada em sociologia, mas decidira gerenciar a livraria herdada de seu pai. Embora não exercesse sua profissão, estava satisfeita com o trabalho. A livraria, situada na Rue Saint-André des Arts, no 6ème Arrde., ficava a um quilômetro e meio da Rue Lhomond, onde morava."

"Morar perto do trabalho é o sonho de muitos. Em algumas cidades se leva até três horas para percorrer o trajeto de ida e volta."

"Ela fazia isso a pé. Podia, assim, observar a arquitetura de Paris, da qual sempre foi uma eterna admiradora."

"Sendo ela bonita, como você disse que era, devia receber muitas cantadas."

"No seu trabalho, de certa forma, tinha contato com pessoas amantes de cultura e arte, e isso lhe permitia manter conversas razoavelmente interessantes. E até os que buscavam as obras de autoajuda e coisas do gênero sempre faziam um ou outro comentário que Marianne ouvia generosamente. Havia uns três ou quatro aparvalhados que diariamente passavam pela livraria para vê-la e tentar impressioná-la com as mais deslavadas e narcísicas mentiras. Ela administrava essas medíocres incursões dom-juanescas com charme e savoir-faire, despachando-os com elegância. – Seja mais dura com esses chatos e afaste-os de vez –, vivia lhe dizendo sua mãe. Mas Marianne, apesar de rechaçar as investidas, sabia que elas já faziam parte de seu cotidiano e que nutriam sua autoestima feminina."

"E como a conheceu?"

"Eram seis e meia da tarde. Marianne, ligeiramente atrasada para a noite de autógrafos do livro, tentava, em vão, tomar o metrô na estação Jussieu em direção a Opera. Uma greve paralisara parcialmente o sistema de transportes de Paris e infernizava a vida dos parisienses e dos milhares de turistas que aportavam diariamente na cidade. Os trens chegavam superlotados e precisava-se de alguma energia para conseguir embarcar. Tive vontade de ajudá-la, mas, para isso, seria preciso vencer minha timidez. Me esforcei e..."

– Esta será sua terceira tentativa, não é?

– Não sei o que fazer, tenho um compromisso e receio não poder chegar a tempo. E para piorar a situação, não há táxis nem ônibus.

– Se não é muito longe, talvez você pudesse tentar a velib.

– Já não há mais bicicletas disponíveis – falou Marianne em tom de desânimo.

– Aí vem outro trem, tentarei ajudá-la; vou fazer uma parede com meu corpo e empurrar a massa humana; você me segue.

Enfim o trem chegou e meu plano deu certo. Marianne conseguiu entrar, mas, pela inexistência de espaços livres, seu corpo estava grudado ao meu. Estávamos frente a frente e, dada minha altura, a cabeça dela se encaixou por debaixo do meu queixo. Ela deu a sorte de poder encostar-se na porta do trem; sem ter ninguém atrás de si, livrou-se de ser a parte do meio de um sanduíche e de servir de matéria-prima para os bolinadores de plantão. De certa forma, embora não me conhecesse, ela tinha a sensação de estar protegida por mim; além do mais, cheirar o discreto perfume de seu protetor era, na melhor ou pior das hipóteses, melhor do que ficar à mercê do nauseante cheiro emanado das axilas da maioria dos passageiros daquele comboio. Por outro lado, eu também tive meu sofrimento olfativo neutralizado pelo aroma de maçã deixado pelo xampu nos cabelos de Marianne. Ah, e que aroma!

– Não nos apresentamos, eu sou Marianne.

– Muito prazer, Marianne; você pode me chamar de Marcel, Marcel Rood.

– Desculpe-me, mas você poderia soletrar seu sobrenome?

– R-o-o-d.

– Engraçado. Você tem o nome muito parecido com o do escritor Marcel Rodd. Em seu sobrenome a letra *o* aparece duas vezes; no do escritor, é a letra *d* que se repete.

– A diferença é sutil.

– Você já ouviu falar dele?

Eu quase disse a ela que conhecia muitíssimo bem Marcel Rodd, porque esse foi o pseudônimo que escolhi para meu verdadeiro nome, Marcel Rood. Mas ela acreditaria em mim? Provavelmente me acharia louco.

– Não o conheço, mas neste exato momento estou indo justamente para a noite de autógrafos de seu último livro.

– Não posso acreditar, é muita coincidência, também vou para lá.

– Ah, que bom, assim faremos companhia um ao outro. Desceremos daqui a três estações.

Chegamos à estação onde devíamos saltar. O trem já havia vomitado algumas centenas de passageiros nas estações anteriores e, embora houvesse pessoas para embarcar, saímos sem maiores complicações. Estávamos atrasados, subimos nervosamente as escadas que nos levariam à rua e dirigimo-nos apressadamente para a livraria.

"Para quem sempre foi muito tímido, parece-me ter havido progressos."

"Concordo. Meu analista, quando estudante, parece ter feito todos os deveres de casa. Eu sempre fui muito tímido, mas, sem dúvida, houve avanços nas batalhas travadas contra minha vergonha patologicamente exacerbada, que me persegue desde criança."

"Aliás, você aborda esse problema em um de seus livros, não é mesmo? É pura autobiografia, meu amigo."

"Então você conhece meus livros?"

"Todos os seus romances."

"Você tem razão. Em meu último livro eu abordei o problema. E reconheço que ele foi muito autobiográfico. A história dos meus personagens, na qual um era da força aérea, e outro, professor, revelou uma grande coincidência com alguns aspectos e ocorrências da minha vida. Eu não fui exatamente da força aérea, como está no livro, mas estive com os pés lá. Foi há tanto tempo. Quase me esquecia. Não fosse a reprovação no exame médico, eu teria chegado à patente que meu personagem Jean-Pierre chegou: brigadeiro. Meus colegas que ficaram conseguiram isso. E, por acaso, também fui professor e ensinava métodos de pesquisa, tal e qual Jerôme, meu outro personagem."

"E por que você não telefonou para a livraria e contou que era o verdadeiro autor?"

"Era o que eu deveria ter feito: telefonado para lá e falado sobre esse impostor; sobre esse Marcel Rodd que se passaria por mim, que assinaria por mim, que receberia as congratulações e que também acabaria, inevitavelmente, dando entrevistas por mim. Ah, mas haveria imprensa e fofocas, e, obviamente, meu anonimato seria quebrado. Não deveria ter me importado com isso. Eu conhecia muito bem o ditado: melhor prevenir do que remediar. Oxalá tivesse dado ouvidos aos meus pressentimentos e esclarecido tudo na época."

"Voltemos à livraria. Estou curioso para saber os detalhes dessa inusitada noite de autógrafos."

"Os primeiros convidados começaram a chegar e foram informados de que deviam se dirigir ao fundo da livraria, local onde, normalmente, se fazem os lançamentos e noites de autógrafos. O espaço reservado ao evento era generoso, agradável e dispunha de confortáveis poltronas de couro, aleatoriamente distribuídas pelo salão, que ofereciam assento para umas trinta pessoas. Ao centro, destinada aos autógrafos, estava uma grande mesa retangular forrada com uma toalha branca bordada à mão; tinha sobre ela, dispostos nas laterais esquerda e direita, dois belos arranjos de flores onde se notavam tulipas vermelhas, miosótis azuis, iris brancas arroxeadas, rosas vermelhas e amarelas, todas disputando, com suas exuberâncias, ao menos um minuto da atenção dos presentes. Os garçons vestiam calças grená, camisas pretas e usavam gravatas-borboleta douradas, coincidência ou não, as mesmas cores do envelope enviado com a carta-convite para a noite de autógrafos. Surgiam de uma entrada lateral, situada ao fundo e à esquerda de quem entrava: um portando a bandeja com as taças de champagne, as de vinho, alguns copos de refrigerante e água mineral, e o outro com os ricos acepipes, dentre os quais se podiam distinguir o vol-au-vent de camarão e bacalhau, delicadas alcachofras, canapés de salmão defumado e vários tipos de quiches. A responsável pelo buffet notou que os garçons só conseguiam servir a um terço dos convidados e infiltrados. Ela sabia que muitos deles, por falta do que fazer, estavam lá para continuar a não fazer nada e para se deliciar com as guloseimas. Resolveu solicitar, então, através do celular, a presença de mais quatro funcionários."

"E quanto ao impostor?"

"O falso autor chegou e, acompanhado pela responsável da editora, acenou para os presentes, exatamente como faria um político em véspera de eleição. Homem alto, um metro e noventa; elegante, nariz grego, queixo quadrado em harmonia com a fronte larga; olhos azuis e boca favorecedora de sorriso espontâneo; cabelos ligeiramente grisalhos com muitos fios negros que resistiam a mudar de cor. Vestia blazer branco e calça preta bem-cortados, que colaboravam ainda mais para fazer dele um homem que, à primeira vista, agrada às mulheres."

A fila para autógrafos começara a se formar; já havia vinte ou mais pessoas à espera da canetada do autor, quando a responsável pela editora pediu um minuto de atenção.

– Meus queridos leitores e clientes, sou Genoveve de Verdurin, responsável pelo setor de divulgação de livros de nossa empresa, a Editora RBF. Cabe-me, em primeiro lugar, agradecer a presença de cada de um vocês, que souberam entender o nosso convite e, também, como nele explicamos, as circunstâncias atuais. Temos certeza de que não se arrependerão de ter vindo a esse nosso evento e muito menos da aquisição do livro, principalmente porque o autor, Marcel Rodd, aqui ao meu lado, abriu, pela primeira vez, uma exceção aos seus hábitos de total anonimato e aceitou comparecer a este evento, revelando, senão seu verdadeiro nome, ao menos sua aparência física que, como todos podem ver, é tão sedutora quanto suas obras. Lerei para vocês a orelha do livro – escrita por uma pesquisadora de uma de nossas mais conceituadas universidades, doutora em literatura e crítica literária. Ela nos oferece, com exatidão, a proposta da obra:

> Boa parte das cenas deste romance se passa em Paris. Mas nossos protagonistas, Jean-Pierre e Jerôme, conduzem-nos também a flanar pelas ruas de outras cidades. Nova York, Buenos Aires, La Paz e Rio de Janeiro cruzam-se, como na construção de um mosaico, de um espaço ideal, para um flâneur que evoca nitidamente a figura surgida com Baudelaire no século XIX. Quais seriam os pontos em comum de tais protagonistas com o flâneur baudelairiano? Ainda temos, aqui, o homem hesi-

tante entre o fascínio e o temor diante das muitas cenas urbanas, encantado e intimidado com os personagens misteriosos que aparecem e desaparecem sem deixar vestígios no meio da multidão. Mas a flânerie se expandiu, em primeiro lugar, pelo entrecruzamento das cidades, que se revelam simultaneamente singulares e idênticas, com suas mortes e conspirações. O que aproxima e distingue as cidades pelas quais Jean-Pierre e Jerôme se deslocam? Em meio à violência das urbes atuais, a multidão já não é mais um refúgio para esse flâneur dos chamados tempos pós-modernos, e os impasses se multiplicam. Surge, assim, uma nova figura do andarilho, que perambula por múltiplos espaços, geográficos e virtuais, como um observador anônimo em constante deslocamento. A literatura, com seus escritores, personagens e projetos, torna-se, aqui, um grande espaço de flânerie, e sempre de sonho. Pelas ruas do texto de Rodd, seremos conduzidos a reconstruir o olhar hesitante do flâneur, dividido entre o horror e o encantamento, entre o pesadelo e o sonho.

Ela terminou a apresentação e deu por iniciada a noite de autógrafos.

2

A livraria colocou na entrada da loja duas grandes colunas de livros, com duas atendentes encarregadas de entregar os exemplares aos convidados e encaminhá-los ao caixa. Marianne pegou o que lhe era oferecido e já ia pagá-lo, quando notou minha hesitação.

– Você não vai comprar o livro? – perguntou.

Era difícil para mim: comprar o livro de minha autoria para ser autografado por uma pessoa que se passava por mim. Não sabia até onde eu levaria esse jogo, mas, de qualquer forma, alguma coisa me dizia que deveria estar preparado.

Resolvi pagar o livro de Marianne. Seria um gesto de gentileza e elegância e, certamente, notado e anotado por ela. Talvez eu estivesse aproveitando a oportunidade para marcar um ponto.

– Ah, sim, sem dúvida, vou comprá-lo – respondi. – Para isso estou aqui.

Retirei da carteira o cartão de crédito e nos dirigimos, Marianne e eu, ao caixa.

– Cobre os dois daqui – falei para o caixa.

– Muito gentil de sua parte – Marianne disse rapidamente –, mas não posso aceitar.

Pedi-lhe que o aceitasse como um presente.

– Há um motivo para eu te oferecer o livro, e prefiro não revelá-lo agora – falei para ela num tom que não deixava margem para contestações.

A fila de autógrafos estava grande e andava vagarosamente. Dada sua extrema simpatia, o falso Marcel Rodd fazia salamaleques para cada leitor e perdia, pelo menos, de quatro a cinco minutos com cada um. Marianne, à espera, fez as contas: ela era a vigésima terceira da fila e, se quisesse a assinatura do autor, deveria esperar ali mais de uma hora.

Vamos, homem, aproveite agora, dizia para mim mesmo. Você já pode passar à fase dois da conquista de Marianne. E me perguntei qual teria sido a fase um. Rapidamente encontrei a resposta: casualidade do encontro, essa foi a primeira etapa. Ela era a mulher mais atraente e bela daquele local e, a julgar pelo dom-juan sentado à mesa autografando os livros por mim, sabia que ele iria tentar alguma coisa. Eu a havia ajudado sem esperar recompensa de qualquer ordem, mas tê-la, praticamente em meus braços, por quase vinte minutos naquele espremido espaço metroviário me agradou muito. Criou-se um campo magnético do qual me tornara prisioneiro. Estava no ar a poeira mágica, cuja química me atrairia e da qual me tornaria refém; não havia escapatória. Nesse campo as coisas seriam diferentes do livro que escrevi. Nele, meu personagem Jean-Pierre era o tal que era amado e nunca amava, um migrante em constante fuga, jamais à disposição ou à espera da amada. Pois é, eu sabia que deveria estar preparado; na vida real as coisas ocorreriam de forma diferente.

Perguntei-lhe como soube da noite de autógrafos e se já sabia alguma coisa a respeito do autor e do livro.

– Presumo que você tenha recebido um convite, como a maioria daqui – eu lhe disse.

– Recebi, mas também havia visto a matéria no jornal. Eles deram duas páginas inteiras no suplemento de literatura. Falaram muito bem do livro, inclusive fotografei alguns textos da crítica. Você leu a matéria com as críticas?

– Não, não li.

– Espere um pouco.

Ela retirou seu iPhone da bolsa e buscou as fotos das críticas.

– Eis a primeira, feita por um norte-americano, crítico literário e professor universitário:

> Acabo de ler *Colagens do Imaginário*. Adorei! É um metarromance, isto é, um romance sobre romances; uma apresentação excelente e fascinante de realidade e ficção. Tanto na forma como no conteúdo é surrealismo, e, pensando nas obras de Guimarães Rosa, realismo mágico. Nossos agradecimentos ao autor ficcional e real de uma obra magnífica.

– Veja também este comentário de outro crítico – continuou ela.

Gostei, de forma especial, da estrutura inteligentemente superposta das narrativas de Jean-Pierre e Jerôme, construídas com estilos diversos; da representatividade dos coadjuvantes Proust, Joyce, Fitzgerald, Pound e Stein; da referência proustiana em Albertine; dos dois últimos e surpreendentes parágrafos do capítulo 1; do simpósio literário e filosófico do capítulo 9, com reflexões que me levaram e levarão a releituras; e de seu final, que deixa no ar um gosto de "quero mais".

– E, para terminar, o último parágrafo de uma resenha, redigida por um crítico e também poeta de renome.

Com excelente domínio vocabular, conhecimento de variados saberes e lugares, Marcel Rodd consegue um romance de profunda lucidez sobre os nossos dias, tão semelhantes a outros de idades anteriores no que concerne à violência, acrescida da corrupção e da política global que reduz o homem a usar a internet para ser seu instrumento; mundo cada vez mais surrealista, povoado de fantasmas e de conhecimentos ainda por desvendar. É também um exercício de laboratório sobre a escrita, colocando interrogações sobre como tratar as coisas reais, como se elas, cada vez mais, nos parecessem fantasia, da mesma forma que Jean-Pierre.

A fila de autógrafos andava vagarosamente e, com certeza, não se podia referir a ela como uma fila indiana, preconcebendo-se aqui que as filas indianas se mantêm em linha reta. Pequenos grupos de conversas acabaram se formando, dando origem a pequenas ilhas formadas por três ou quatro pessoas. Eu e Marianne conversávamos sobre as críticas publicadas no jornal e, subitamente, fomos interrompidos pelo homem que estava atrás de nós.

– Posso confessar uma coisa para vocês? – perguntou-nos o estranho.

A essa altura, a mulher da frente já se voltara, à espera do que ele tinha a dizer.

– Eu não gosto de ler – continuou o homem.

– Seria, então, muita indiscrição de nossa parte, e falo de nossa parte porque acho que todos pensamos assim, saber por que você vem a uma noite de autógrafos? – perguntou Marianne.

– Vou a todos os lançamentos que posso, cerca de cinquenta por ano. Já tenho mil volumes comprados. Em mais um ano, serão mil e cinquenta – disse ele, apresentando-se como Angus Joviet.

– Então, o motivo principal de sua ida a lançamentos e noites de autógrafos é comprar livros e guardá-los – falou a mulher da frente, que se apresentou como Bride de Chaumont, a essa altura já se incluindo e delimitando, com o colecionador de livros, a formação de um novo grupo de conversa: Bride à frente, Angus no extremo oposto, Marianne e eu ligeiramente afastados e de frente um para o outro. O grupo formava um losango, cada um representando um vértice.

“Talvez você não devesse ter permitido a intromissão desses dois na conversa que mantinha com Marianne.”

“Na verdade, fora ela quem permitira. Se eu tivesse iniciado a fase dois, com certeza ela não daria ouvidos ao intruso.”

“Com certeza, nenhum desses dois ousaria transpor a blindagem que normalmente envolve duas pessoas em via de se tornar um casal.”

“E eu sabia que deveria livrar-me deles e tentar sensibilizá-la antes de sua chegada à mesa de autógrafos.”

– Não faço isso apenas para comprar livros; há ainda o fato de encontrar e conhecer pessoas, de conversar, exatamente como fazemos agora – falou-nos Angus.

– Mas há algum motivo principal para você não gostar de ler? – perguntou Bride.

– Sim. Quando pequeno, se fazia algo que os adultos julgavam errado, minha mãe, mulher muito rígida, punha-me de joelhos sobre um punhado de milho. Eu era obrigado a ler uma frase: “Prometo daqui em diante não fazer qualquer coisa errada”. Deveria repetir a sentença pelo menos duzentas vezes. Repetir palavra por palavra dessa odiosa frase duzentas vezes. Não raro, errava a conta e tinha que voltar à estaca zero. Invariavelmente, meus joelhos sangravam. Entenda-se, aqui, sentença no seu sentido duplo: como condenação e como o sentido da expressão falada, mas de uma expressão falada na qual não havia interlocutor para que se estabelecesse uma comunicação. Eu falava para mim mesmo e para a parede branca desbotada que tinha à minha frente. Eu era meu próprio interlocutor e, a cada etapa do cumprimento da pena, apenas uma resposta: um dia me vingarei. Por duzentas vezes, eu também repetia: eu me vingarei.

E continuou:

– O ódio que deveria ter tido por minha mãe foi transferido para cada letra que formava as palavras da frase inventada por ela. Essas letras saltavam do texto, desfaziam-se da função de juntas constituírem a palavra e passavam a formar o elo de uma corrente que me prendia ao castigo que me fora imposto. Vocês conhecem a frase: "Eduquem as crianças para não ter que castigar o adulto"? Isso mesmo, foi dita por Pitágoras e, infelizmente, não pertencia à cartilha dos adultos que povoaram minha infância e minha adolescência. O lema era castigar as crianças e transformá-las em adultos inseguros, violentos ou suicidas. A sequela que me coube foi a de não conseguir ler mais nada, sequer olhar para as palavras, com receio de que as letras que as compõem dali saltem e formem o laço, um laço que envolva meu pescoço e frature minhas vértebras cervicais, como uma forca faz com os suicidas e com os condenados à morte por algum regime político desumano. Todos os livros comprados são embrulhados e aprisionados em uma caixa. Para cada livro de cento e sessenta páginas, eu consigo encarcerar cerca de cinquenta mil palavras, uma média de duzentas mil letras. Essa foi e continua sendo a minha vingança.

– Mas você poderia simplesmente ir a uma livraria, encontrar as pessoas, como é seu desejo, e comprar os livros, sem necessariamente estar em uma noite de autógrafos. Não seria a mesma coisa? – perguntou Marianne.

– Não é a mesma coisa; a força nefasta das letras se manifesta e se organiza nesses eventos. É preciso, nessas ocasiões, neutralizar ou, pelo menos, minimizar qualquer tipo de movimento dessas letras – respondeu o homem.

Marianne e eu nos entreolhamos e, se pudéssemos falar o que pensávamos em voz alta, diríamos com concomitância: mais um doido à solta.

– Eu gosto de ler, mas, de uns tempos para cá, talvez uns quatro anos, tão logo abro um livro e começo a ler, os bocejos se fazem presentes e, na mesma hora, durmo – disse Bride.

– Dorme? – perguntei.

– Parece mentira, mas durmo.

– Talvez seja pela hora. Você pode ter tido um dia pesado e aí não há santo que resista – disse Marianne.

– Não, não é isso; posso ter acabado de acordar de um sono de dez horas, que durmo do mesmo jeito. Não consigo passar da primeira página.

– Você já deve ter consultado um médico, não? – perguntei.

– Nada foi diagnosticado. Parece feitiçaria. As palavras têm poder hipnótico sobre mim. E, se você quer saber, não sou a única. Conheço muita gente assim. Só tenho resistência para ler uma página por dia. Depois disso, adormeço. Talvez a pergunta feita há pouco ao Angus também devesse ser respondida por mim. Por que estar em uma livraria e comprar um livro? Em uma fila destas, sempre existe alguém comentando um livro, e eu, de ouvidos abertos, acabo me inteirando, ao menos em parte, de alguma coisa sobre uma ou outra obra. Como Angus, eu compro os livros. Não para enclausurá-los, como ele faz, mas na esperança de que, algum dia, minha fada madrinha apareça e me livre desse feitiço.

– A solução seria você não escolher livros muito grossos, ou fazer como uma socialite, minha conhecida, que, quando comprava livros com muitas páginas, dividia-os em partes e os encadernava, de forma que ficassem com apenas cinquenta páginas cada um. Um livro de quinhentas páginas gerava dez livros – disse Angus. – Mas no seu caso, entretanto, isso não funcionaria, já que você não consegue passar da primeira página – continuou ele.

O garçom aproximou-se com uma bandeja de iguarias. Angus encerrou ali seu comentário, pediu desculpas e fez um gesto para pegar a oferta culinária que lhe estava sendo apresentada. A ordem vinda do córtex motor de seu hemisfério esquerdo levou seu antebraço e sua mão direita a deslizarem para diante, com extensão de cotovelo, e fez com que seu dedo indicador e o polegar direito formassem uma pinça semiaberta, que se fecharia automaticamente tão logo esses dedos chegassem ao seu destino: o vol-au-vent de camarão. Súbito, uma mulher gorda, sentada em uma poltrona próxima, lançou-se sobre a bandeja e arrebatou seu objeto de desejo culinário, deixando-o com os dedos abertos no ar. A velocidade com que a mulher chegara para arruinar seus planos levou Angus a concluir que ela deveria estar sentada sobre uma mola tensionada com tanta energia potencial armazenada que sua expansão liberou uma força capaz de levar dez ou mais pessoas, tão pesadas quanto ela, à Lua.

Mas não foi esse gesto nem tampouco a bizarra vestimenta da mulher – um vestido no qual se podiam notar várias figuras de tigres predadores devorando suas presas – os maiores causadores de estranheza aos que estavam à sua volta. A maior surpresa de todos foi flagrar o meio metro de língua escapando da boca da estranha, passando por diante do seu prógnato queixo e se projetando em queda livre até a região onde as clavículas se encontram. Uma língua repleta de farelos de massa que ainda não tinham seguido rumo ao esôfago. Não havia dúvidas: era uma figura bizarra.

Interrompendo a estupefação de todos, surgiu uma quinta pessoa, quebrando a forma geométrica losangular de nosso grupo, inserindo-se entre Angus e Marianne e se apresentando como Bernadete Debutair.

– Peço desculpas por interrompê-los, mas não pude deixar de ouvir a conversa de vocês. Adoro ler, mas um problema de visão me obriga a ter uma pessoa que lê em voz alta para mim. Uma jovem estudante de letras, três vezes por semana, dedica-me duas horas com a leitura dos clássicos.

– A senhora me faz recordar minha infância – eu lhe disse. – Quando meu tio-avô nos contava histórias, conduzia-nos a um mundo de fantasias que até hoje me traz gratas recordações. A linguagem dele era mágica e, embora fosse irreal, representava uma realidade, a minha realidade. Suas palavras eram encantadas e se convertiam em imagens muito claras para mim: fogo, tempestade, ventanias, árvores que voavam, chuvas, bruxas, fadas, tudo aparecia nitidamente para mim como em um filme. Não lia, àquela época, com os olhos, mas com os ouvidos. Os sons emitidos por meu tio-avô se transfiguravam em palavras e elas desfilavam diante de mim, dizendo a que tinham vindo, ora me alegrando, ora me causando sobressaltos e quase sempre me surpreendendo. Mas agora, como adulto, não consigo me transpor ao universo do autor se não vejo as palavras escritas de um texto. As relações projetivas entre a linguagem falada e a realidade que eu criava para essa linguagem foram para o espaço. Meu automatismo psíquico, que permitia ao pensamento criar as imagens quando ouvia um texto de história, deixou de funcionar. Ao contrário do Angus, agrada-me ver as letras se juntando e formando as palavras, determinando as situações e o contexto do livro. Por outro lado, você não acha que alguém que lê para você pode contaminar o discurso escrito com entonações não condizentes às ações textuais? Ou que talvez a sintonia entre vocês, isto é, entre o tempo de fala de quem lê e o tempo que você precisa para compreender e elaborar as imagens solicitadas pelo texto podem ser diferentes e constituir um grande problema? – concluí.

Antes que Bernadete respondesse à pergunta, Marianne tomou a iniciativa, apresentando a ela os componentes do grupo e, como uma professora faria com seus alunos, começou didaticamente a comentar o que eu dissera momentos antes, trazendo à cena algumas ideias defendidas por Wittgeinstein. Falou sobre as duas obras básicas do filósofo: *Tractatus Logico-Philosophicus*, escrita em 1918, e *Investigações Filosóficas*, de 1953. Disse para o grupo que, apesar de esses livros mostrarem diferenças entre si, têm interesse comum ao estudar a função da linguagem e definir o papel dessa linguagem na filosofia. Deixou claro que, como o tema em questão não era filosofia, ela se concentraria na linguagem, embora nas obras do filósofo uma esteja ligada à outra. – A linguagem não define as coisas, a linguagem só as mostra – afirmou ela, completando que, segundo essa teoria, o significado não vem dado nem por sua construção lógica, nem pelo conceito que temos das palavras. Marianne continuou e disse que o significado surge pelo uso que damos às palavras na vida cotidiana, e que o pensamento faz a ligação entre as coisas e os signos que lhes servem de nome. Então concluiu, dizendo que talvez eu, agora como adulto, não tenha a abstração necessária para acompanhar o texto que alguém lê para mim.

Comentando as considerações que ela acabara de fazer, eu lhe disse que talvez alguma palavra estranha ao texto se interpole na história que me é contada e haja interferência na instância mental que permite a ligação entre nome e objeto. Ou talvez, quem sabe, minha plasticidade neural já não esteja tão elástica, o que acho mais provável.

Confesso que fiquei surpreso: além de bela, Marianne parecia entender um pouco de filosofia, embora tenha errado um pouco a mão. A filosofia aqui na França sempre esteve perfeitamente integrada ao ensino secundário, mas, pela expressão dos que a ouviam, parecia-me nada terem entendido. Bem, *pas grave*. Relacionar-se com alguém que conseguisse reunir beleza e inteligência seria um prêmio.

Se para alguns, ou talvez para muitos, a mulher inteligente dá trabalho porque argumenta com propriedade e desbanca as tolas conjecturas que alguns machistas tentam impor nas discussões, para mim elas representam um desafio e estímulo. Como não me sentia parte desses machistas, tinha mais um motivo para afugentar os intrusos daquela fila e me apressar com a fase da conquista, aquela que, de certa forma, criaria um laço, embora débil, mas suficientemente forte para não deixar que aquele impostor se aproximasse.

3

O post-it que a livraria põe nos livros para identificar o leitor e facilitar a vida do escritor que autografa desprendeu-se do livro de Marianne.

– Antes de perguntar-lhe a quem dedicar o livro, gostaria, se você não se importa, de saber algo sobre essa bela leitora diante de mim – disse o falso Marcel Rodd.

– Desculpe-me, não quero parecer rude, mas isso é relevante? – perguntou Marianne.

– Vejamos a coisa deste modo: o livro foi uma criação minha, então pode-se dizer que saiu de dentro de mim; não expelido, como fazem as mulheres ao dar à luz na hora do parto, mas assim mesmo saiu de mim; de certa forma, eu o pari e você agora o tem, percebe? Você tem uma coisa que saiu das profundezas de minha mente. Não seria justo, ao menos, saber o seu telefone? – concluiu o falso autor, revelando um sorriso amarelo e um semblante de cão sem dono.

"E você não percebeu o que o falso autor estava fazendo? Pelo pouco que já ouvi, ele era muito mais perigoso e astuto do que parecia. Onde já se viu tamanha prosopopeia em uma noite de autógrafos? Em primeiro lugar, que história era essa de ele ter parido o texto?"

"Pois é, há certas palavras que só podem ser utilizadas em um único contexto, não aceitam metaforizações. Parir é uma delas. Acaso aquele cínico tinha útero?"

"E depois, o texto era seu. Esse hipócrita deveria ter alguma ética e renunciar a quaisquer outras presunções que não fossem a de falsificar nos livros desses pobres leitores a assinatura do verdadeiro Marcel Rodd, que é você."

"Já se foi o tempo. No passado, até entre os bandidos havia um código de ética a ser seguido. Eles tinham certa dignidade dentro dos atos indignos que cometiam."

"Como assim?"

"Até parece que você não viveu essa época. Há cinquenta anos, essa canalhice toda teria sido feita de forma diferente: ele estaria lá e daria os autógrafos apenas esboçando leves sorrisos, porque não pegaria bem ir assinar os livros com mau humor estampado na cara. Acabaria despertando suspeitas. O meliante em questão parecia já ter nascido sorrindo. Portanto, seria necessário que ele só entreabrisse a boca, deixando os dentes à mostra, e teríamos o sorriso do canalha na dose que a ética dos delinquentes do passado exigia: sem grandes comemorações, sem dar vistas de que estava muito feliz com o delito que cometia. É isso;

o bandido do passado não podia ser feliz. Se quisesse se manter dentro dos padrões de dignidade da profissão, tinha que mostrar ou dar a entender que fazia aquilo porque era estritamente necessário; não se gabava e também não menosprezava suas vítimas."

"Ou seja, mostrava, embora não representasse a verdade, que praticava o delituoso ato a contragosto."

– Prefiro ficar com o seu número – disse Marianne. – Quem sabe não telefono um dias desses? – continuou ela.

– Posso contar com o seu telefonema? Você não sabe o quão importante isso é para mim – disse o impostor, com ares de encantador de serpentes.

– Não seria de todo impossível, e talvez haja certa probabilidade de eu ligar. Quem sabe? Gosto muito de filosofia e vi muito rapidamente que o senhor tem um capítulo inteiro dedicado a ela – disse, manifestando a vontade de se afastar. Sentia-se incomodada em fazer esperar os que estavam na fila imediatamente atrás dela.

"Você sabia o significado de *Si vis pacem, para bellum*, não sabia?"

"Se queres garantir a paz, prepara-te para a guerra."

"Pois é, meu caro: a Inês não estava morta, mas agonizava e devia estar piorando a cada segundo. Não tardaria muito e você teria que se conformar em perder o reconhecimento do público e, de quebra, perder também a mulher que talvez o fizesse feliz por muitos e muitos anos."

"Eternamente?"

"Não, não, eu não disse eternamente. Você ouviu mal. Jamais diria tal palavra. O Marcel Rodd, ou melhor, o Marcel Rood não havia dito que o ofício dos amantes eternos exige uma longa paciência para dosar a felicidade em fatias e distribuí-la ao longo dos anos? Não posso garantir que Marianne ou você, meu querido Marcel Rood, tenham tal resignação."

– Marcel Rood, é isso, cavalheiro? – perguntou-me o impostor.

– O papel com meu nome está correto. O senhor leu muito bem. Sou Marcel Rood, e por muito pouco não temos nomes idênticos. Que coisa estranha, não é mesmo, senhor... – disse-lhe, com visível desagrado.

"Quando o falso autor lhe perguntou se deveria dedicar o livro a mais alguém, você poderia ter sugerido que dedicasse ao verdadeiro autor, e ainda deveria tê-lo chamado de bastardo."

"Ver alguém autografar-me meu próprio livro me tirou do sério. Me afastei do grupo e resolvi telefonar para meu editor."

– Boa noite, Sr. Raynard, desculpe-me se ligo tão tarde – disse-lhe.

– Há quanto tempo, não é? Você tem recebido os cheques da venda de seus livros?

– Tenho sim. Mas não é sobre isso que eu quero falar. Estou em Paris; em uma noite de autógrafos de uma livraria daqui e, acredite se quiser, tem um sujeito assinando por mim e dando entrevistas.

– Tentamos lhe avisar, Marcel. E como possuo a procuração...

– Tentaram me avisar de quê, Sr. Raynard? De que haveria um impostor me substituindo?

– Não se preocupe, não se trata de um impostor. É um ator contratado para se passar, temporariamente, por você. A livraria aí em Paris exigiu que o autor, ou alguém que o representasse, estivesse presente nesse evento. Tentei consultá-lo e, como sei muito bem que você não quer, neste momento, aparecer, contornei a situação contratando um ator.

– Confesso que não gostei do que vi.

– Digo mais uma vez que não se preocupe. Tudo se esclarecerá no momento em que você decidir assumir a autoria dos livros e se mostrar. Quando você termina o outro livro? – perguntou-me o Sr. Raynard.

– Está avançando. Talvez eu precise de mais uns oito meses para terminá-lo.

– Sendo você quem é, darei ordens para aprovar imediatamente a edição. Faremos uma tiragem de dez mil exemplares.

Despedimo-nos. Retornei ao grupo e notei meus companheiros de fila conversando animadamente com o homem que me substituía. Depois de ter ouvido as explicações do meu editor, sentia-me um pouco arrependido por ter julgado tão severamente esse ator. Se houve culpados, essas pessoas teriam sido o editor e eu próprio, que resolvera me esconder atrás do nome de Marcel Rodd. Resolvi continuar no anonimato e não contar ao meu substituto que sabia de toda a verdade.

Decidi, também, que não faria nenhuma observação ou pergunta que o constrangesse.

Não era fácil encontrar um bom agente literário que se interessasse em agenciar novatos na literatura. Há centenas e centenas de novos escritores que tentam o mercado editorial; alguns medíocres, outros bons e outros muito bons, à altura de autores já consagrados pela crítica e pelo público. Sem conseguir, à época, um agente que se dispusesse a me representar, resolvi enviar diretamente uma carta para algumas dezenas de editoras, na esperança de que manifestassem interesse em receber uma cópia do meu livro. Dois anos depois, recebi uma carta de uma delas:

> Prezado Sr. Marcel Rood, lamentamos informar que nossa editora não aceita cópias ou manuscritos de autores desconhecidos. Talvez o senhor e os demais escritores que compartilham a mesma situação se perguntem: "Se as editoras só aceitam os autores conhecidos, como e quando poderemos nos tornar conhecidos?". Reconhecemos que a pergunta procede, mas é assim que o mercado funciona.

Já me dava quase por vencido quando resolvi fazer uma pesquisa na internet. Observei o anúncio de uma editora, provavelmente recém-inserido na web: "A Editora RBF publica o seu livro imediatamente. Se você já tem um livro escrito e não consegue uma editora, solicite-nos uma visita". E foi o que fiz.

A editora tinha um site e, aparentemente, parecia confiável. O próprio dono da editora se encarregou de ir à minha casa, levando consigo um contrato. Não mais do que uma hora foi o tempo que levamos para acertar todos os detalhes. Dividiríamos os custos de publicação do primeiro livro e, a partir do segundo, a editora se encarregaria de todos os custos. O contrato dava poderes ao editor para negociar, em qualquer instância, a divulgação e comercialização do livro em qualquer lugar, sem prévia consulta a mim. Resumindo, nos últimos quinze anos a editora havia publicado quinze livros meus.

– Pelo que vi e li a respeito, Sr. Marcel Rodd, sua mais nova obra é um metarromance. Por que ir por esse caminho? – perguntou Marianne ao ator que se passava por Marcel Rodd.

– Não entendi muito bem sua pergunta, senhorita.

– O que ela quer saber é por que o senhor optou por escrever um romance dentro de um romance? – eu lhe disse, tentando ajudar aquele homem que me substituía.

– Ah, desculpe-me, há tanto barulho que não havia ouvido a pergunta – disse ele, tentando se justificar. – Como nosso amigo aqui bem disse, é um romance dentro de um romance; nada mais que um romance dentro de um romance; só isso – complementou.

Marianne e eu nos entreolhamos e nossos olhares expressaram uma interrogação. Alguns segundos depois, nossos olhos tornaram a se encontrar, dessa vez para concordarmos com uma única coisa: o homem que estava ali a dar autógrafos não sabia o que era um metarromance.

Uma mulher se aproximou de Bernadete e a cumprimentou. Vendendo simpatia e alegria, a recém-chegada era uma jovem com seus vinte e dois anos, com altura que não ultrapassava um metro e cinquenta e cinco. Devia pesar, provavelmente, uns cem quilos, o que a classificava como obesa mórbida. Apesar do excesso de peso, notava-se que era uma bela jovem. Se um dia sua condição de gorda - quase que execrada na sociedade moderna - a sufocara, ao que tudo indica, àquela altura ela estava liberta das angústias e frustrações que costumam envolver algumas pessoas com peso acima do normal. Angústia e frustrações com o fracasso das dietas que prometem milagres e que, efetivamente, não cumprem o que prometem. Ela se assumiu como gorda, uma gorda saudável com as valências hematológicas controladas sistematicamente e com uma agilidade de fazer inveja a qualquer magro igualmente saudável.

- Meus amigos, gostaria de lhes apresentar Josephine Lagrange, a jovem universitária que lê para mim e sobre quem conversamos há pouco - disse Bernadete.

- Boa noite a todos - falou Josephine, deixando transparecer um largo sorriso.

- Deixe-me apresentá-la ao principal personagem desta noite: o autor Marcel Rodd - disse Bernadete.

- Muito prazer, Sr. Rodd. Li a matéria publicada no jornal sobre o senhor e sobre o livro. Melhor dizendo, sobre o livro. Não há quase informações sobre o senhor, a não ser que tem formação em medicina, não é isso?

– Digamos que sim, minha cara jovem.

– Gostaria de lhe fazer uma pergunta que talvez ouça a todo momento: o senhor não gostaria de nos revelar seu verdadeiro nome?

– Você tem razão, não há mais motivos para eu omitir meu nome, uma vez que aqui estou, em carne e osso, autografando os livros.

– E então, qual é seu nome?

"Se ele era o ator que estava representando você, teria que dizer o seu nome em letras maiúsculas: MARCEL ROOD."

"Talvez não tivesse autorização para isso."

"Sim, mas seu editor poderia ter dado! Ou melhor, não, não poderia. Você não o autorizou a fazer isso."

"Na verdade, ele também não estava autorizado a enviar alguém em meu lugar."

"Mas enviou, não é mesmo? Você acreditou no seu editor, não foi? Fez muito mal. Desde o início achei que havia algo de podre no reino da Dinamarca."

"Eu deveria ter sido menos ingênuo e falado com o pessoal da livraria para esclarecer tudo. Deveria ter assumido que eu era o verdadeiro autor do livro."

– Meu nome é Eugène Rufus, senhorita, à sua disposição. E a senhorita, se entendi bem, é a pessoa que lê livros para os outros?

– Isso mesmo, Sr. Eugène. Ela lerá seu livro em voz alta para mim, pois tenho um problema de visão – completou Bernadete.

– Interessante, Srta. Lagrange, muito interessante; você tem algum cartão?

– Aqui está, e desde já agradeço qualquer indicação. Tenho contas a pagar e o que ganho não alcança o que gasto.

•••

Aceitei com restrições as explicações do Sr. Raynard, de que contratara um ator para me substituir na noite de autógrafos do livro de minha autoria, *Colagens do Imaginário*. Eu sabia, agora, que fora uma exigência da livraria, entretanto, assistir ao ator contratado autografando os livros por mim ainda continuava a me desagradar e assustar, ao menos momentaneamente.

Mas meu mecanismo racionalizador entrou em ação. O desconforto com o episódio foi substituído por uma justificativa que acabei inventando: talvez ele estivesse mentindo quando disse que se chamava Eugène Rufus. Talvez esse nome sequer existisse. Ele deve ter feito um jogo de cena para enganar as pessoas com quem conversava naquele momento, fato que ainda me manteria no anonimato e me faria, no íntimo, sentir de fato e de direito o autor do livro. A ideia não era má. Iria até sugerir, em um próximo lançamento, que utilizassem o mesmo procedimento.

Eu construí meu argumento de resignação a partir de Thomas Pynchon, escritor que era arredio a entrevistas e que nunca aparecera para ninguém. Contava-se a história de que um professor, após muitas insistências, conseguiu uma entrevista com Pynchon. Anos depois, em uma festa, soube que o autor de *O leilão do lote 49* estava presente e foi cumprimentá-lo, tendo a surpresa, então, de descobrir que aquele que lhe estava sendo apresentado não era o mesmo que havia entrevistado. Deve ter sido exatamente o ocorrido. Meu editor devia estar a par da história de Pynchon e resolveu fazer o mesmo.

"Então você agiu como personagem de um de seus livros."

"Esse personagem de quem você fala foi criado em homenagem ao meu falecido pai, J.S. Ele era a generosidade em pessoa."

"Você deixou isso bem claro no livro. A imagem que fiz dele é a de que era a pessoa mais conciliadora que essa terra, que um dia há de te receber, já viu."

"Que um dia há de me receber?"

"Sim. Você por acaso não será enterrado? Não é isso que todos queremos? Ser enterrados depois de mortos?"

"Meu desejo é que minhas cinzas sejam espalhadas no Jardim de Luxemburgo."

"Com cremação ou com enterro, meu amigo, sob ou sobre a terra você estará."

"Ah..., meu pai, meu querido pai. Quanta saudade!"

"Voltemos então ao Sr. J.S. Ele sempre encontrava um final feliz, um final que agradasse a todos. Passou a vida fazendo concessões, exatamente como você o fez. Foi enganado, não foi? Perdeu tudo, não perdeu?"

"Perdeu, mas..."

"Morreu feliz. Eu sei, não precisa me dizer. Ele resignou-se e aceitou a morte corajosamente e, apesar das dores que sentia, não praguejava contra todos e contra tudo, como muitos seres humanos o fazem quando sentem que o destino lhes arranca a vida. Seu pai foi enganado, roubado e terminou sem o conforto que merecia e, mesmo assim, morreu feliz ou, pelo menos, fingiu uma felicidade para minimizar o sofrimento dos que aqui ficavam."

"Será que eu suportaria uma vida sem dinheiro e sem conforto?"

"Com o bom humor e a resignação de seu pai? Duvido."

"Teria que pensar muito no tema antes de responder enfaticamente que me comportaria tal e qual meu pai."

4

Em mais vinte minutos os relógios anunciariam um novo dia. A noite de autógrafos havia terminado e a livraria já se preparava para fechar as portas. Do lado de fora, todos se despediram e combinaram marcar novos encontros.

– Marcel, posso voltar com você? – Marianne perguntou.

– Eu já ia perguntar se você me aceitaria como companhia, Marianne. Só espero que agora tudo esteja mais calmo.

"Como mais calmo, santo homem? Você não devia ter dito isso para ela; se esqueceu que, graças ao tumulto causado pela greve, vocês vieram agarradíssimos dentro do metrô?"

"E eu me esforcei ao máximo para não ter uma ereção ali mesmo. Pensei em padre rezando missa, no Cristo crucificado, na minha vizinha de noventa anos. Isso sempre funciona."

"É provável que ela também tenha sentido algo diferente."

"Talvez um arrepio, uma taquicardia, uma dispneia suspirosa. As mulheres funcionam de outro modo."

"É, o processo delas é mais elaborado, mais complexo, mas talvez ela tenha gostado de toda aquela situação."

Às onze e cinquenta e seis, Marianne e eu chegamos à estação Opera do metrô. Pegamos a linha 7 em direção à Place de Italie. Normalmente, àquela hora, os trens trafegavam praticamente vazios, mas a greve alterou o quadro do número de passageiros e a plataforma de embarque estava repleta de gente.

– Acho que teremos que adotar a mesma estratégia da vinda – disse Marianne.

– Não vejo outra saída.

– Sabe de uma coisa, Marcel, eu adoro esta cidade, mas às vezes me aborreço tanto com algumas situações e com o mau humor de certas pessoas, que penso em passar uma temporada em outro país. Ah, ia me esquecendo do inverno. Agora, na primavera, tudo são *literalmente* flores. É, sem dúvida, a cidade mais bela do mundo, mas esses últimos invernos têm nos castigado mais do que merecemos.

– E para onde você iria?

– Talvez para algum país da África, Marrocos, por exemplo. Lá eu não teria dificuldades com o idioma.

– É um país interessante, mas para uma mulher como você, jovem e muito bonita, talvez um pouco perigoso.

– Perigoso?

– Há boatos de desaparecimento de pessoas.

– Já ouvi falar que sequestram as mulheres para traficá-las como escravas e que algumas lojas têm alçapões que se abrem e capturam as mulheres desacompanhadas, mas é tudo lenda.

– De qualquer forma, se for para aquelas bandas, não vá sozinha.

– É só uma ideia para o futuro. Talvez me dê uma semana de férias e vá a Marrakesh e Fez para um curto passeio.

– Eu já ia perguntar o que você faz, mas pelo visto, seja lá o que for, não deve satisfação a quem quer que seja.

– Tenho certa autonomia. Gerencio uma pequena livraria, herança de meu pai. Apenas dois funcionários e eu damos conta do recado.

– Sua livraria, por certo, receberá o livro do Marcel Rodd, não precisava tê-lo comprado.

– Eu não o comprei, esqueceu? Foi você quem o comprou para mim. Mas, seja como for, o pessoal daquela livraria me conhece; se apareço em um lançamento ou noite de autógrafos e não compro o livro, no dia seguinte todas as livrarias de Paris estarão sabendo. Serei o assunto do dia.

O trem se aproximou da estação e centenas de pessoas aglomeradas tentariam entrar. Não haveria lugar para todos. Estávamos, Marianne e eu, em um local privilegiado da plataforma e torcíamos para que quando o trem parasse, estivesse com a porta bem diante de nós.

– Aí vem ele, esteja preparada. Faremos exatamente como na vinda. Entro de costas empurrando o pessoal e você me segue – disse-lhe, segurando sua mão.

– Cá estamos nós: exatamente como na vinda, grudados um no outro.

– Peço desculpas, mas não há outra saída.

– Eu sei, e se é para estar desse modo, prefiro que seja com você, que já não é mais um desconhecido. Na verdade, tenho a sensação de conhecê-lo há muito tempo.

Uma onda de calor começou a tomar conta do meu corpo. A testosterona agia rapidamente e seus efeitos logo se fizeram presentes. Ela sentiu que algo a mais se interpusera entre os nossos corpos. Imediatamente elevou a cabeça e olhou para mim; a essa altura, eu desejava que ela emitisse algum sinal de aprovação do meu inusitado e incontrolável arroubo sexual.

"Você é oito ou oitenta. Valha-me Deus! Esse seu gesto pode ter parecido um ato agressivo."

"Sei que deveria ter me controlado, mas foi mais forte."

"O que o fez pensar que ela gostaria de ter aquele complemento se manifestando fora de hora, a comprimir-lhe o estômago?"

"Eu sabia que as mulheres são mais sutis. O que eu fazia naquela hora não condizia com a postura de um homem da minha idade."

"Fosse você jovem, poder-se-ia entender, com certas reservas, é claro."

"É... Mas, por outro lado, o episódio demonstrou que ela tinha uma química que me atraía cada vez mais. De qualquer modo, como não soube interpretar o olhar que Marianne me dirigiu, preferi, na dúvida, me esforçar para que as coisas voltassem ao normal."

– Deve ser muito interessante ter milhares de livros à disposição, Marianne.

– Eu gosto muito do que faço, Marcel. Sabe de uma coisa? Às vezes, quando estou só, tenho a impressão de que todos aqueles personagens, aprisionados nas páginas de cada livro, se pudessem, saltariam desses livros e viriam conversar comigo.

– Isso é o que todos desejamos: que nossos personagens ganhem vida, que saiam do imaginário dos leitores.

– Um momento, Marcel, eu ouvi bem? Você disse *nossos* personagens?

– Eu já escrevi alguma coisa. Alguns livros na área médica, uma centena de crônicas para uma revista, e, também, uma dúzia de romances. Mas se você não se importa, eu não gostaria de falar sobre minha carreira de escritor ficcional.

– Está bem, mas me fale um pouco sobre você e sobre as outras coisas que escreveu.

– Construí minha carreira na universidade. Segui os trâmites que todo professor segue: doutorado, pós-doutorado, pesquisa, etc.

– E seu interesse pela literatura?

– Como pesquisadores, somos obrigados a escrever artigos científicos. Esse foi meu primeiro contato com as palavras. Mas devo confessar: nada é mais estéril do que um artigo científico, sobretudo na área de medicina clínica, que era a minha. Somos escritores de uma narrativa sem material linguístico; falamos para um leitor invisível, sem cara, sem personalidade. Não precisamos, nesse caso, fundamentar personagens simplesmente porque eles não existem. Não consigo mais conceber o ato de escrever uma única palavra sem ter a certeza de que ela, ao chegar ao meu leitor, se transformará em uma imagem e o remeterá a um ou mais universos, os quais mexerão com suas emoções, seus sentimentos, seus medos e com tudo aquilo que sua mente seja capaz de elaborar. Cansei. Simplesmente achei que era hora de mudar. Mas a mudança foi gradual. Fui convidado a escrever algumas crônicas para uma revista. Foi aí que as coisas começaram. Minhas crônicas, através dos personagens que criei, sempre foram pautadas por críticas à sociedade. Foram quase doze anos dando voz a esses personagens. Resolvi, então, partir para uma estrutura literária mais ousada e iniciei com os romances. Quem sabe não tenha escrito o primeiro para que eu fosse, na realidade, considerado um escritor? Embora ache, como já disse, os artigos científicos chatíssimos, não vejo por que, contrariamente ao que todos pensam, não classificar quem os produz como escritores.

"Enfim, você disse para alguém que é escritor. Um enorme ato falho. Já é alguma coisa, mas deveria ter contado toda a verdade, desperdiçou uma grande oportunidade."

– Ufa. Acho que devo ter te cansado com todo esse discurso.

– De forma alguma. Lembre-se, trabalho em uma livraria, e conhecer escritores, por mais chatos que sejam, é sempre interessante.

– Espero não estar incluído nessa categoria.

– É óbvio que não. Você é uma pessoa encantadora, um gentleman, uma espécie em extinção. Enfim, meu salvador.

Os elogios de Marianne me tranquilizaram. Eu estava apreensivo com relação ao pequeno e incontrolado arrebatamento que manifestara. Havia algumas possibilidades para explicar o fato: ela não percebeu meu imprevisto ato ou, se o percebeu, não gostou mas resolveu desconsiderá-lo; existia também a probabilidade de que tenha percebido, tenha gostado, mas, no momento, resolvera não se manifestar.

– Obrigado – respondi, meio desconcertado, esboçando um leve sorriso.

– Você já disse que não quer falar sobre seus romances, mas será que posso fazer apenas uma pergunta?

– Sim, é claro.

– Algum deles já foi traduzido e lançado em outros idiomas?

– Sim, em alemão, inglês, italiano e chinês.

– E como você controla as vendas em todos esses lugares?

– Não as controlo. Na verdade, meu editor tem amplos poderes para negociar nesses países.

– Então você não controla nem mesmo o número de livros vendidos?

– Não. Eu confio no Sr. Raynard. Ele me envia, todos os meses, religiosamente, o cheque relativo às vendas dos livros. E manda, ainda, uma extensa planilha com a prestação de contas.

– Mas, mesmo assim, ele pode enganá-lo.

– Eu sei. Na época em que escrevia livros sobre medicina, o editor de um desses livros prestara conta comigo de cinco mil exemplares. Alguns anos depois, recebi um telefonema do gerente geral da editora, ou melhor, do ex-gerente. Ele acabara de ser despedido e me chamou para dizer que o número de livros vendidos fora três vezes maior e que, portanto, eu estava sendo ludibriado pelo editor. Apesar de auditorias e leis rígidas de direitos autorais, é muito difícil controlar as vendas, sobretudo quando elas ocorrem em vários países. Por isso, para não me aborrecer, prefiro confiar no Sr. Raynard. Sei das dificuldades que a maioria dos autores tem para sobreviver com a venda de suas obras e me considero um afortunado com o que recebo da editora. A venda dos livros tem me permitido viver com certa tranquilidade.

– Desço na próxima estação, Place Monge. Nós já trocamos telefones. Espero você na minha livraria um dia desses para tomarmos um café.

– Saltarei com você. Já é tarde e a acompanho até sua casa.

– Não precisa se incomodar, Marcel, estou acostumada.

– Além de querer te acompanhar, eu também desço na Place Monge. Gosto muito dessa estação, especialmente da saída com a escada rolante. Quando estamos prestes a chegar à superfície, vislumbramos duas grandes árvores cujas folhas estão sempre se movendo para nos saudar e para nos deixar ver pequenos rasgos do céu, ora estrelado, ora nublado. Dizem que ali a natureza está sempre a suspirar e deixa escapar um suave vento que separa os galhos dessas árvores.

– Passei por lá tantas vezes e nunca havia visto a coisa por esse lado. Nada como a visão sonhadora de um poeta.

– De poesia não entendo nada, mas reconheço que, às vezes, o escritor pode ser considerado um poeta, se em seu texto a função poética predomina sobre as demais, mas esse não é o meu caso.

– Já que voltamos a falar sobre textos, podemos nos remeter aos livros e daí aos autores. Você não acha que é muita coincidência o autor de hoje ter o nome quase igual ao seu?

Começamos a subir a escada rolante; desconversei e disse a Marianne para ficar atenta porque, a qualquer momento, as árvores entrariam em seu campo de visão.

– Aqui estamos. E agora, por onde seguimos? – perguntei a Marianne.

– Eu moro na Rue Lhomond, número 27.

– Já sei, pegamos a Rue Ortolan, cruzamos a Mouffetard, seguimos pela du Pot de Fer, atravessamos a Tournefort e, ao chegarmos à Lhomond, dobramos à direita. Estou certo?

– Você conhecer o percurso já me deixa curiosa, mas saber que devemos dobrar à direita e não à esquerda para alcançarmos o número 27 me deixa atônita.

– Eu sou um andarilho, Marianne, faz parte de meu cotidiano dar umas boas caminhadas pelos bairros de Paris. Isso me fez um grande conhecedor das ruas daqui.

"Mas se você não queria dizer para todos que Marcel Rodd era o pseudônimo de Marcel Rood, acaso se dera conta de que um de seus personagens, o Jean-Pierre, fora caracterizado como verdadeiro flâneur, um caminhante inveterado? No seu livro, você descreve com rigor e detalhes cada pedaço do Quartier Latin".

"E era exatamente onde estávamos naquele momento."

"Seria inevitável, meu caro: tão logo ela lesse seu livro, faria associações. Ela cruzaria os dados, a começar pelos nomes, Marcel Rood e Marcel Rodd; depois, veria o quanto de autobiográfico havia naquilo tudo."

5

Marianne e eu deixamos a saída do metrô e nos sentamos na brasserie localizada na Rue Dolomieu, em frente à Place Monge. Estávamos sem fome, o jantar fora substituído pelo farto buffet que a livraria oferecera, mas o clima seco de Paris me obrigava a estar sempre bebendo água.

– Sei que você amanhã trabalha Marianne; mas podemos ficar aqui por uns dez minutos e depois vamos.

– Sem problemas, nunca durmo antes das duas; resta-nos um tempinho.

Súbito, um estridente som das sirenes de dois carros interrompeu nossa conversa e cortou a madrugada.

– Esses carros devem ter saído da Rue du Cardinal Lemoine; há um Corpo de Bombeiros ali, quase na esquina da Rue Monge – eu lhe disse.

– Mas precisariam ter essas horripilantes sirenes ligadas a esta hora, acordando a vizinhança?

– Você tem razão. Há um ou outro carro trafegando e quase vivalma nas ruas.

– É possível que haja algum incêndio nas proximidades.

– Considerando o número de edifícios antigos de Paris e que a grande maioria deles é habitada por idosos que vivem sós, acho a ocorrência de incêndios até pequena para a circunstância.

– É verdade, chega uma idade em que se é grupo de risco para qualquer coisa. Não há um só edifício em Paris que não tenha um ou mais idosos nessa situação, vivendo no mais completo abandono e solidão. Embora evidenciem uma aparente resignação, tenho quase certeza de que, lá no fundo, eles sofrem muito – disse-me Marianne.

– Há uns poucos que, por opção, estão sós e felizes, mas concordo com você; a maior parte foi abandonada pela família. Não é difícil imaginar que uma sociedade que evidencia o hedonismo como traço cultural cada vez mais forte possa dificultar o já complicado equilíbrio biológico-social, favorecendo o aparecimento das enfermidades, principalmente as enfermidades da alma que ocorrem na esfera do envelhecimento humano.

– Marcel, é preciso sempre lembrar que o próprio antropocentrismo gerou um sério equívoco: já que não existe natureza humana, existe o homem na natureza.

– E assim vamos levando, produzindo um homem predador social e emocional, um homem que considera o prazer imediato o único bem possível – disse-lhe, fazendo sinal para que o garçom trouxesse nossa conta.

Paguei a conta e saímos caminhando, dialogando sem nenhuma pressa, com pequenas paradas. Ainda não se sabe o motivo pelo qual, em algumas situações, duas pessoas que conversam enquanto caminham interrompem abruptamente a caminhada para terminar o que dizem. Na verdade, a interrupção é feita por quem tem a palavra, mas é prontamente aceita pelo ouvinte. Talvez o dono da palavra o faça para ressaltar a importância da conclusão que está por vir, tal qual se faz nos espetáculos circenses nos quais uma música nos dá a impressão de que a parte mais difícil e perigosa do número que se apresenta está para começar naquele momento. É o final; é a conclusão da sentença proferida pelo orador o que mais importa, porque, de certa forma, essa conclusão revela a finalização de um pensar que é poder: o poder do orador em provar seu ponto de vista. Não o poder cujas relações de força estejam reduzidas à violência, mas um poder de ações sobre ações para incitar, para induzir. O orador deseja que o pensar do ouvinte o leve a ver com um olho que não permaneça apenas nas coisas, mas que se eleve até as visibilidades. Esse orador espera ainda que a linguagem utilizada por ele não fique só nas palavras ou frases, mas que leve seu ouvinte até os enunciados. Pode ser que, por isso, parar uma caminhada para concluir algo que está sendo dito seja tão crucial.

Mal saímos da Place Monge, Marianne parou diante de um prédio situado na esquina com a Rue Ortolan. Ela falava quase que em sussurros, talvez com receio de incomodar o morador do andar térreo cuja janela dava para a rua e estava diante de nós. O tom de voz que utilizava fez com que me aproximasse mais do que deveria, deixando-nos em uma instigante distância.

– Desculpe-me pela proximidade, Marianne, mas desde pequeno tenho uma considerável perda auditiva em um dos ouvidos, provavelmente resultante da queda que tive de uma árvore da fazenda do meu pai.

– Tolice pedir desculpas, Marcel, depois do que passamos no metrô; essa distância de agora parece ter uma légua.

– Você tem razão.

Nós nos entreolhamos por um momento. As circunstâncias levaram-me a imaginar que o olhar de Marianne parecia me dizer algo, talvez perguntando o que mais me excitava nela, ao que eu responderia que tudo, tudo nela me atraía. A outra mensagem que eu pensava sair de seus olhos enfeitiçadores era que não se oporia se eu quisesse beijá-la.

Lentamente, como uma câmera filmando a cinco quadros por segundo, diminuímos ainda mais a distância que nos separava e, comungando um voluptuoso e recíproco consentimento, nos beijamos.

– Acho que temos que ir; amanhã terei que estar cedo na livraria, disse-me Marianne, rompendo o breve silêncio que impusemos a nós mesmos após a inesperada ocorrência.

Fizemos o trajeto que planejei, agora caminhando mais rapidamente. Tão logo deixamos a Rue du Pot de Fer e entramos na Lhomond,

Marianne, sem motivo aparente, interrompeu a caminhada.

– Algum problema, Marianne? – perguntei.

– Não posso acreditar no que vejo. A menos que eu esteja ficando cega e confundindo as coisas, os bombeiros estão diante do meu prédio, e há sinais de fumaça.

Caminhamos com pressa, quase correndo. Podia-se notar um ar de preocupação e angústia no rosto de Marianne. Chegamos ao prédio e Marianne, petrificada, notou que o fogo havia consumido um dos apartamentos do andar térreo.

– Mas e a senhora...? – perguntou ela para a vizinha do terceiro andar.

– Conseguiram retirá-la, mas não resistiu.

– Pobre mulher, não bastasse a vida solitária que tinha, acabar desse jeito...

– O prédio está interditado, tivemos que sair com a roupa do corpo e não podemos entrar. Teremos que nos arranjar em outro lugar – disse-lhe a vizinha.

Eram duas e quarenta e cinco da madrugada e os últimos bombeiros se preparavam para deixar o local.

Tenho que encontrar um hotel para dormir. Poderia ficar no apartamento de minha mãe, aqui no bairro, mas ela está fora e as chaves ficaram na minha casa. Poderia dormir na livraria, mas saí apressada e não tenho as chaves de lá.

– Já são quase três horas da manhã. Não a deixarei, a essa altura da madrugada, procurar hotel. Até porque, sendo Paris a cidade que é, seria muito difícil encontrar algo. Se você não se importa, vamos à minha casa.

– Por um lado você tem razão, não será fácil encontrar hotel, mas, por outro, depois do que aconteceu, não sei se devo.

– Estamos cansados e acredito que desejamos, neste momento, apenas ir para a cama e dormir um bom sono. Tentar esquecer toda essa tragédia. Tenho um quarto que faço de escritório. Durmo lá esta noite.

– Está bem, parece ser a opção mais razoável.

– Podemos ir a pé. Eu moro muito perto daqui, na Rue du Puits de l'Ermite, bem próximo à Place Monge.

– Que ironia! Estávamos ao lado e viemos para cá; agora teremos que voltar.

"Aos poucos você foi dando as pistas, não é mesmo? Às vezes, duvido que seu desejo era ficar incógnito."

"Que pistas?"

"Você disse a ela que sua perda de audição deveu-se à queda de uma árvore, não foi isso que eu ouvi? Pois ela lerá o livro e verá que seu personagem ficava, quando pequeno, dependurado em uma árvore, pensando estar no cockpit de um avião. E ainda me sai com mais essa: eu moro na Rue du Puits de l'Ermite, ah... Eu moro na Rue du Puits de l'Ermite. Acaso não se deu conta de que o personagem do seu livro também morava nessa rua? Mas não estou falando isso para dizer que você não deveria tê-lo feito."

"Acho que você tem razão."

"Você sabe o que penso a respeito: deixar os outros saberem que você, Marcel Rood, é o verdadeiro Marcel Rodd."

"Talvez isso pudesse ter evitado os aborrecimentos que viriam."

"Estou apenas mostrando sua incoerência, seu lado paradoxal de ser. Uma incoerência, à época, não percebida por você, mas que não deixou de ser uma incoerência."

– Somos vizinhos, por isso você conhece tão bem a região – observou Marianne.

– Como te falei, eu sou um verdadeiro flâneur, um eterno andarilho que não se cansa de ver Paris. Tenho mais familiaridade com as ruas do Quartier Latin, mas conheço, na palma da mão, o sexto e o quarto *arrondissements*, e posso andar sem me perder nos demais.

– Que trajeto faremos? Descemos até a Jean Calvin e dali pegamos a Rue de l'Épée de Bois até a Place Monge?

– Prefiro, se você não se importa, dobrar à esquerda na du Pot de Fer, seguir pela Ortolan até a Monge e, em seguida, descer a Larrey. Moro na esquina da Larrey com a du Puits de l'Ermite.

Já eram três e quinze da manhã quando chegamos ao meu prédio. Preparava-me para digitar o código de acesso quando Marianne me interrompeu.

– Espere, Marcel, pense no código, mas não me fale. Tentarei adivinhá-lo.

– Impossível, querida Marianne, talvez seja mais fácil acertar na loteria do que conseguir abrir esta porta. São milhares de combinações.

– Pense nos números, apenas pense, exatamente como pedi.

– Está bem.

– Cinco, seis, oito, quatro, dois, B – sussurrou Marianne enquanto digitava os números.

Comecei a ouvir um leve ruído e percebi de imediato que ela havia acertado o código. Restava-me apenas esperar que a lingueta da fechadura abandonasse a contratesta, passasse pela falsa testa e se recolhesse ao corpo principal da fechadura. Nesse momento, eu ouviria um novo ruído, um ruído mais forte anunciando que a porta estava aberta.

– Não se assuste, Marcel, não sou vidente. Eu tenho uma cliente, amiga de minha mãe, que mora no terceiro andar. Venho aqui com certa frequência e conheço o código. Desculpe-me pela piada, acho que foi fora de hora – explicou Marianne.

– Qualquer coisa que amenize as ocorrências deste final de noite é bem-vinda. Fosse qual fosse a forma de me dizer que você tem uma amiga aqui no meu prédio, não deixa de ser uma grande coincidência.

"Pois é, meu amigo. Essas são as coincidências da vida."

"E que coincidências, não é mesmo? Em seu livro há uma personagem, a Christine Lisle, que sai da praça que está bem em frente ao seu apartamento e tem o dom de adivinhar os pensamentos dos outros."

"No livro ela adivinhou o código de entrada e abriu a porta."

"Mas, de certa forma, você lidou bem com tantos acasos."

- Falarei a célebre frase que a gente sempre diz para uma pessoa que visita nossa casa pela primeira vez: não repare na bagunça.

- Isso na França de antigamente, Marcel; atualmente é muito raro ouvir essa expressão.

- Na verdade, eu acho que essa é uma fala desprovida de qualquer senso de reflexão. A expressão toma para si a tarefa quase mecânica de manter e levar adiante os costumes que nos foram legados pelos nossos antepassados e por nossa cultura.

- Outro exemplo que ilustra o que você acaba de dizer são os eternos votos de feliz Natal e próspero ano-novo que a gente insiste em dizer para todos os conhecidos.

- Nesse caso em particular, a linguagem falada, imaginada em um mimetismo circunstanciado a um cumprimento do dever, não está mais, de modo geral, a serviço do que realmente pensamos e acaba evidenciando uma contradição entre aquilo que realmente desejamos e aquilo que exprimimos.

- E pensar que mantemos essa tradição cultural há séculos.

- Mas insisto em dizer, retirando agora as desculpas pedidas, que minha casa está uma desordem só - disse-lhe, afastando do corredor três sacos de lixo separados para a lixeira e ali esquecidos.

Meu apartamento era um três peças clássico, de oitenta metros quadrados, com piso de madeira em todos os cômodos; no corredor, em um extremo, a porta de entrada, e, no outro, o banheiro social. Logo na entrada, à esquerda, notava-se um pequeno quarto, transformado em escritório, abrigando escrivaninha com duas cadeiras e um sofá-cama. Mais adiante, ainda à esquerda de quem entrava, um amplo portal dava acesso à grande sala de estar, que possuía estantes de livros embutidas em toda a extensão das paredes. Essa sala, que também funcionava como sala de jantar, acolhia, à esquerda, dois grandes sofás de couro, separados por uma mesa de centro, e duas pequenas poltronas igualmente de couro. À direita, uma mesa retangular com generosas dimensões e seis cadeiras serviam para receber os convidados que participavam dos raros jantares que eu oferecia. No outro lado do corredor, em frente à sala de estar, um quarto de dormir de dimensões razoáveis, com armário embutido e uma grande cama de casal, que tinha ao lado um pequeno móvel com um abajur. Caminhando-se em direção à saída, no lado oposto ao escritório, uma cozinha com máquina de lavar roupas, fogão, forno de micro-ondas, um armário e uma pequena mesa para o café e lanches menores; mais adiante, ao lado da cozinha, próximo à porta de entrada, um pequeno lavabo.

– Agora que você já conhece a geografia do meu apartamento, sinta-se em casa. Eu fico com o escritório e você dorme no meu quarto. Em um minuto troco a roupa de cama.

– Eu não quero que você mude sua rotina para me abrigar; posso dormir no escritório, ele me parece bem confortável e acolhedor.

– Não vamos discutir, Marianne. Você dorme no meu quarto e não se fala mais nisso.

– Ok, Marcel, você é muito gentil. Obrigada.

Eram três e quarenta e cinco da manhã quando todas as luzes do meu apartamento se apagaram, anunciando que já estávamos dormindo, ou prestes a fazê-lo.

"No fundo, bem lá no fundinho, você estava louco para convidá-la a dividir a cama com você. Se não o fizesse, não conseguiria dormir. Será que estou certo?"

"Talvez, talvez."

"Viu no que deu se dedicar, a vida toda, quase que integralmente a ler e a escrever? Se ao menos tivesse sido um galanteador, daqueles que, com maestria, preparam em detalhes o palco no qual vão atuar, saberia o que dizer nesses momentos."

"Não fosse aquela minha timidez que insistia, em algumas situações, a me perseguir."

"Talvez não fizesse falta você ter sido ou não um paquerador profissional. Como escritor, pressupunha-se que deveria saber fazer a linguagem desempenhar sua função persuasiva."

6

Rue du Puits de l'Ermite. Quartier Latin. Sábado, 9h30 da manhã.

Querido Marcel, tenho um compromisso na livraria pela manhã e, lamentavelmente, não poderei ficar para acompanhá-lo no desjejum. Você foi muito amigo. Gostaria de convidá-lo para jantar hoje à noite, caso você não tenha nenhum compromisso.

Vi o bilhete sobre a mesa da sala de jantar tão logo acordei. Como de costume, fui à janela para olhar a praça diante do meu prédio.

Um copo de suco de laranja seguido por uma pequena xícara de café com leite e uma fatia de pão sírio torrado acompanhado de dois ou três pedaços de queijo branco fresco constituíam meu frugal café da manhã. As notícias estampadas no matutino que eu sempre lia durante o desjejum falavam sobre tragédias climáticas, com inundações ocorrendo nos quatro cantos do mundo, e ocupavam quase toda a primeira página.

As reportagens me transpuseram à velha fazenda do meu avô, local onde passei boa parte de minha infância e juventude. Via, diante de mim, a imagem de minha avó à beira do fogão a lenha a me contar uma passagem da Bíblia, que apregoava que o mundo, já tendo sido destruído por um dilúvio, acabaria em fogo. Pus-me, então, a refletir sobre o tema e resolvi retirar da estante a Bíblia Sagrada. Eu tivera, na infância e adolescência, um passado ligado à religião católica, e a única interpretação que me passaram dos escritos bíblicos era a ortodoxia personalizada. Ao dar-me conta, já com mais idade, de que havia alguma coisa errada com a religião que me fora apresentada, resolvi afastar-me da Igreja e de qualquer sistema de administração da fé e dos fiéis. Não me tornei agnóstico, apenas compartilhei comigo mesmo minha crença, mas gostava, vez por outra, de assistir à missa.

Aproveitando a oportunidade, tentei, assim, entender melhor o que se passou à época do dilúvio e resolvi consultar a Bíblia, detendo-me no trecho que justificava a condenação imposta às pessoas e cuja pena era o afogamento pelas águas daquela grande inundação: *e viu o Senhor que a maldade do homem se multiplicava sobre a terra e que toda imaginação dos pensamentos de seu coração era só má continuamente.* E disse Deus: "Farei desaparecer da superfície do solo os homens que criei." Pensei, então, na realidade atual, na nossa realidade. Já demos motivos, seja lá para quem quer que tenha nos criado, para que se arrependesse mais uma vez de sua criação e nos fizesse desaparecer.

"Alto lá, não seja tão radical, homem. Não se esqueça. Ele salvou Noé e sua mulher..."

"Eu sei, eu sei; assim como também poupou a vida de Sem, Cam e Jafé, filhos de Noé, e de suas respectivas mulheres."

"Sem contar ainda os animais."

"O que há com você? Está querendo justificar a ação divina?"

"Deus teve lá suas razões, e não nos cabe aqui discuti-las ou justificá-las. Mas lembre-se, você mesmo acha que Deus já tem motivos para varrer a humanidade."

"Não me interprete tão ao pé da letra, meu amigo. Talvez existam muitos Noés por aí, com direito à salvação e prontos a estabelecer uma aliança com o criador para, se necessário, um repovoamento decente de nossa combalida Terra."

Já eram onze da manhã, me assegurei de ter comigo as chaves do apartamento, bati a porta, deixei o prédio e me dirigi para o Café de l'Arbalète, situado na rua que dá nome ao estabelecimento, no Quartier Latin. Fiz lá bons amigos, a começar pelo próprio gerente e seus irmãos, todos portugueses. Um grupo de habitués se misturava aos turistas eventuais que resolviam parar para um café, um chá ou qualquer coisa assim.

Bom dia a todos.

– Bom dia, professor. O de sempre? – perguntou-me Fernando, o gerente, estendendo-me a mão para o habitual cumprimento.

– Por favor, com adoçante.

– Nem precisa me lembrar, não há como esquecer. Acho que o senhor é a única pessoa, em toda a França, a pedir o *sucrette*.

– Com a idade que tenho, Fernando, se não controlar a glicose, o colesterol, a unha encravada, a caspa do cabelo e tudo o mais, embarco antes do tempo; e sabe-se lá de que jeito – disse-lhe sorrindo.

– Embarca? Como assim? – perguntou Fernando, entregando-me o café.

– Desculpe-me, Fernando. Com essa mania de estar ali e aqui, acabo incorporando algumas expressões de outras regiões. Embarcar significa passar para a outra vida, considerando, nesse contexto, obviamente, que existe outra vida depois da morte.

– Venha, professor, sente-se aqui e conte-me as novas – disse-me Antônio, um ex-policial português, assíduo frequentador do bar.

– Estava explicando ao Fernando um dos significados da palavra embarcar.

– Os que não estão a conversar neste bar estão de ouvidos atentos a escutar as conversas que o Fernando ou o Lino mantêm com os que aqui aportam; em outras palavras, somos como as velhas fofoqueiras: estamos sempre atentos às novidades e a tudo que ocorre por aqui. Como policial, passei uma temporada no Brasil fazendo um treinamento. Essa palavra embarcar era muito usada por lá, naquele caso para dizer que o delinquente havia sido despachado para as profundezas.

– Por falar em embarcar, Antônio, estava em casa pensando no dilúvio e na arca de Noé e vou lhe fazer uma pergunta, esperando que você a aceite com bom humor: se o dilúvio fosse hoje e a barca de Noé voltasse para salvar alguns, você acha que entraria no barco?

– Depende dos critérios. Nunca roubei e, apesar de policial, nunca matei. Já tive alguns pensamentos ruins e não posso negar que já traí minha mulher com a vizinha, mas foram só duas ou três vezes; nada sério, obviamente tirando dessa lambança a filha que tivemos.

– Lambança?

– A aventura extraconjugal pode ter sido um bizarro equívoco, mas adoro minha filha. Eu a assumi e até hoje lhe dou carinho e afeto.

– Agiu corretamente, Antônio. Infelizmente, há tantos por aí que não reconhecem a paternidade, mesmo com todas as evidências comprovadas.

– Mas o senhor falou na arca de Noé; o mundo não vai acabar em fogo?

– Você acredita que o mundo acabará consumido pelo fogo?

– Falei por falar. Na verdade não sei – disse Antônio, depois de uma rápida reflexão e coçada na parte detrás da orelha.

– Pois é. A julgar pela Bíblia, ele deveria acabar em fogo. Fazendo cá as minhas interpretações, até achava plausível a ideia na época da Guerra Fria, já que a bomba atômica faria arder todo o planeta. Mas agora, vendo todos esses tsunâmis, enchentes para lá e para cá, derretimento da calota polar, não resta outra alternativa: será a água o elemento a acabar com essa nossa boa terrinha.

– Pensando bem, esse negócio de o mundo acabar é história inventada pelos religiosos; segundo eles, os bons serão salvos e só eles habitarão o novo mundo. Agora lhe pergunto, professor: será que um mundo só com gente de boa vontade e muito educadinha não seria muito chato?

– Acho que entendi o que você quer dizer: como valorizar o bem se não tivermos o mal como referência? – eu lhe disse.

– Eles andam juntinhos, professor, não podem ser separados não. Mas supondo que se pudesse separá-los, sugeriria a quem fosse administrar esse tal de novo mundo eliminar os assassinos, os maus-caracteres, os ladrões e todos esses políticos hipócritas, mas deixar os mal-humorados, os mal-educados. Há gente boa cujo único pecado é ser mal-humorada ou mal-educada. E o senhor quer saber de uma coisa? Estou acostumado a ver esses tipos; e quer saber mais? Me divirto com os maus bofes deles.

– Você propõe uma flexibilização nos dez mandamentos, não é isso?

– Exatamente, professor, eu proponho a manutenção do quinto, do sétimo e do décimo.

– Quer dizer, então, que na tábua que Moisés recebeu de Deus deveria apenas estar escrito: não matarás; não roubarás; e não cobiçarás as coisas do outro.

– Mas com apenas uma ressalva: o não cobiçarás as coisas do outro seria aplicado somente aos bens materiais; excluiríamos dessa lista a mulher do próximo. Atualmente, não me lanço em aventuras, mas ainda gosto de desejar a mulher do próximo, apenas desejar, entende, professor?

– Entendo, Antônio, digamos que entendo; mas lamento dizer que tenho uma ligeira desconfiança, caso o dilúvio chegue, de que você morrerá com os pulmões cheios de água.

– E o senhor, professor? Teria um lugar no barco da salvação?

– Se tudo ocorresse neste exato momento, eu diria que não. Há alguns pecados a expiar; acredito que, em mais alguns anos, poderei penitenciar-me por completo. O plano é pagar a fatura por aqui mesmo, entende? Por isso sempre adiamos a morte. Precisamos de mais tempo aqui. Mas você deve fazer essa pergunta aos meus inimigos.

– Aos seus inimigos? Ora, professor, eles o condenariam, não?

– Talvez, mas se fizesse a pergunta aos meus amigos, com certeza seriam parciais e me dariam absolvição. E aproveitando a ocasião, vou falar uma coisa para você: devo muito aos que um dia se nomearam meus inimigos e tentaram me prejudicar. Na verdade, tudo que consegui devo a eles, porque a reação às suas nefastas ações acabou me dando uma grande capacidade de contornar as dificuldades que se impunham e, com isso, pude evoluir material e espiritualmente.

– Voltando ao barco de Noé, professor, será que poderíamos incluir na lista dos excluídos alguns insetos? Minha mulher morreria de contentamento se as baratas também se afogassem – disse Antônio, fazendo, como sempre fazia, piada com tudo e com todos.

Aproveitando os risos que sobrevieram à fala de Antônio, Fernando interrompeu nosso diálogo e me fez uma pergunta:

– O senhor soube do incêndio na Lhomond?

– Conheci uma pessoa que mora lá e, quando chegamos, os bombeiros estavam finalizando os trabalhos.

A referência ao incêndio feita por Fernando me fez pensar em Marianne e no convite que ela me fizera para jantar naquela noite. Eu já deveria ter confirmado. Retirei minha carteira do bolso e busquei, inutilmente, o bilhete e os telefones que ela deixara. Lembrei-me, então, que os esquecera em cima da mesa. Pedi desculpas por interromper a conversa e me despedi de todos, dizendo que havia esquecido um compromisso assumido. Com passos que denunciavam certa ansiedade, caminhei de volta ao meu apartamento.

•••

– Bom dia. Poderia falar com Marianne?

– Um momento, por favor.

– Sim?

– Marianne? Sou eu, Marcel.

– Eu sei, reconheci sua voz. Mas que agradável surpresa! Pensei que você não ligaria.

– E deixar de jantar com a mais bela mulher de Paris?

– Você e suas gentilezas. Às nove estaria bom para você?

– Estaria ótimo. Posso passar para pegá-la aí na livraria?

– Pode ser, você tem o endereço?
– Você me deu seu cartão.
– Combinado então, te vejo às nove.

7

A tarde já havia cumprido mais da metade de seu trajeto; já me preparava para sair e fazer minha habitual visita ao Jardim de Luxemburgo quando o rádio, que eu esquecera de desligar, subitamente teve o volume aumentado e começou a apresentar a cantata *Carmina Burana*. Sabia que o dramático movimento de abertura e de encerramento da obra escrita por Carl Orff, de tão recorrente em coreografias e trilhas sonoras cinematográficas, havia se tornado um clichê e raramente me chamava a atenção. Mas, naquele momento, havia algo diferente no ar, algo que começou a me impressionar. Seria aquela versão que ouvia, cantada no francês antigo, diferente das versões do alemão medieval ou do latim que já me acostumara a escutar, a responsável por uma estranha sensação que começara a sentir? Podia ser; ou seriam os fortes ventos que coincidentemente começaram com os primeiros acordes da música e entravam pelas janelas semiabertas da sala, trazendo consigo um agradável perfume? Ou seria o balançar das brancas cortinas, cujas ondulações provocadas pelo vento pareciam se harmonizar com os movimentos da cantata? Ou quem sabe o abajur, cuja lâmpada de luz fria que até então amenizava a penumbra da sala também começara a piscar, obedecendo a um ritmo que parecia estar sendo ditado pela música? Talvez o vento, as cortinas e o abajur estivessem sendo regidos pelo som do rádio e tenham se associado para me dizer algo. Tinha a agradável sensação de que mais alguém compartilhava tudo aquilo comigo. Minhas conjecturas foram interrompidas com o último movimento da cantata. O vento cessou, as cortinas sossegaram e o abajur cumpriu com mais decência a função que lhe fora destinada pelo seu fabricante: iluminar minha sala sem restrições e interrupções.

Consultei o relógio. Já era tarde. Em mais quarenta minutos o jardim seria fechado. Resolvi pegar a Rue Monge, ir até a Claude Bernard e lá tomar o ônibus 27. Desceria na Gay-Lussac, quase esquina com Saint-Michel; então bastaria atravessar a rua e estaria no portão principal do jardim.

•••

Eram oito e cinquenta e sete quando cheguei para o encontro com Marianne. A livraria ocupava o andar térreo de um velho prédio. Uma larga porta principal dividia a frente da loja em duas partes, ambas com janelas de vidro que deixavam transparecer os livros ali expostos sob o efeito de um sofisticado sistema de iluminação. Apesar da hora, ainda havia um casal conversando com Marianne. Tão logo entrei, ela sorriu e fez um sinal para que eu esperasse um momento.

– Desculpe-me, Marcel. Normalmente consigo fechar a livraria às oito horas. Apesar de não ter tido muito trabalho durante o dia, o movimento aumentou no final da tarde. Sequer tive tempo de ir até em casa para me trocar.

– Você está belíssima e não vejo motivos para mudar o figurino.

– Obrigada, você é gentil. Mas um banho e uma troca de roupa encerrariam um ciclo. Seria uma forma de me despir de minha rotina de trabalho e iniciar uma coisa que só me dará contentamento.

– Fico feliz em ouvir isso de você. Espero que minha companhia esteja à altura de sua expectativa. Prometo não falar sobre trabalho.

– Ah, não senhor. Eu não falarei sobre o meu, mas gostaria muito de saber alguma coisa a respeito do seu. Não se esqueça: você é um escritor, o senhor das letras e das palavras.

– Por falar em escritor, presumo que não houve tempo para você ler o livro que compramos ontem à noite.

– Como te disse, até o final da tarde tive um dia tranquilo e pude avançar bastante com a leitura.

Ela apagou as luzes, verificou não ter esquecido nada ligado, pegou a bolsa e saiu da loja.

– Deixe-me ajudá-la a abaixar essa porta.

– Obrigada, mas não será preciso, ela é automática; basta acionar o controle remoto – disse ela vasculhando a bolsa à procura do aparato eletrônico. – Aqui está. Pensei que não o acharia – continuou.

– As facilidades da modernidade. O homem sendo substituído pela máquina, embora, nesse caso, reconheça que essa invenção seja bem-vinda – eu lhe disse.

– Concordo com você. Em algumas situações, a máquina deve substituir o homem; em outras, não. Fico a imaginar o número de postos de trabalho suprimidos pelos avanços tecnológicos.

– O metrô de Paris e vários aeroportos da Europa são um claro exemplo da substituição do homem pela máquina.

– Não fosse a crise de desemprego em todo o mundo, talvez se pudesse pensar que sobrasse mais tempo para o homem.

– Isso é assunto para sociólogos e antropólogos discutirem.

– As novas tendências do mundo do trabalho e a forma como a sociedade tem se organizado para discuti-las deve estar dando muita dor de cabeça para os meus colegas.

– Sobre o que você falou há pouco, de sobrar mais tempo para o homem, minha querida Marianne, me fez lembrar Asimov.

– É verdade; ele dizia que a humanidade mergulharia em ócio quando o homem fosse substituído pelos robôs. E que esse ócio interromperia o processo de evolução do homem, porque sua motivação deixaria de existir.

– Desculpe-me interrompê-la, Marianne, mas não fiz reserva em nenhum restaurante e precisamos decidir aonde ir.

– A Mouffetard está ao lado, poderíamos sentar-nos em um daqueles restaurantes.

– Você sabe que lá não vamos encontrar restaurantes de luxo.

– Sei, mas a rua é tão divertida que não me importo com o luxo. E depois, minha roupa não estaria adequada a um local mais sofisticado.

– Está bem. Conheço lá três ou quatro ótimos restaurantes, mas sou habitué do Le Bistrot Gourmand.

– Esse restaurante não fica diante da La Maison des Tartes?

– Exatamente; então você o conhece?

– Costumo compensar o almoço espartano que me impus com uma bela e engordativa sobremesa. Quase todos os dias, por volta das duas da tarde, vou à Maison des Tartes. Enquanto cometo o pecado comendo a *tarte Tatin* com creme de chantilly, me distraio vendo os clientes que entram e saem desse restaurante.

– Pois eu todos os dias almoço lá, também por volta das duas da tarde.

– E dizer que estivemos esse tempo todo diante um do outro.

– E que precisamos de uma noite de autógrafos de livro, em outro bairro, para nos conhecermos.

– Será que a gente poderia considerar isso como coincidência?

– Não deixa de haver uma coincidência aí. Enfim, estivemos, por incontáveis vezes, a uma distância muito próxima. Existe, na psicologia analítica, uma coisa chamada *teoria da sincronicidade*, que gira em torno dos estudos da polaridade e sua integração ao inconsciente coletivo. Talvez ela pudesse nos explicar o fato.

– Se não me falha a memória, essa teoria está relacionada a Jung. Mas não sei muito a respeito.

– Jung postulou que a atividade da mente inconsciente podia se projetar no mundo externo dos fatos, em aparentes coincidências, e os fatos do mundo externo do universo podiam coincidir com os arquétipos do inconsciente coletivo.

– Nossos instintos traziam, à mesma hora, você até o restaurante, e eu até a La Maison des Tartes.

– Exatamente, minha querida. Poderíamos, aqui, utilizar a definição ortodoxa de coincidência, que lhe confere o significado de coisas que acontecem em uma sequência acidental de fatos ou em um mesmo período de tempo. Havia uma cronologia sequencial de fatos, ainda que não estivéssemos coincidentemente envolvidos, pelo menos até aquele momento.

"Você reparou no que disse para ela: ainda que não estivéssemos coincidentemente envolvidos, pelo menos até aquele momento?"

"Percebi o que falara e me conscientizei, então, que deveria filtrar com mais rigor as minhas palavras."

"Pensando de outra forma, talvez não houvesse motivo para ter se preocupado; vocês se beijaram na noite anterior e a mulher dormiu na tua casa."

"Nos beijamos na noite anterior, mas isso não poderia ser indicativo de qualquer envolvimento. Na verdade, aquele beijo teve a intensidade e a duração dos beijos que os apaixonados dão no auge de suas paixões, mas, de qualquer modo, eu não deveria ter dito o que disse. Poderia causar desconforto."

"E qual foi a reação dela a esse seu pequeno ato falho?"

"Um sorriso, meu amigo; um belo sorriso saiu dos lábios de Marianne. Tive vontade de beijá-la de novo, bem ali na frente de todos, tal e qual um adolescente o faria."

"E por que não o fez?"

"Minha idade já não me permitia quebrar os padrões de comportamento que impusera a mim mesmo há tanto tempo. Na verdade, nunca fui dado a arroubos de qualquer espécie, principalmente em praça pública."

"Ah, o surto da timidez se manifestou."

- Monsieur andou sumido, não o vejo há três dias. Algum problema? - perguntou o maître do restaurante, cumprimentando-me com um abraço e um efusivo sorriso.

- Não, Mohamed, nenhum problema. Apenas muito trabalho com o novo livro. Obrigado pela preocupação. Deixe-me apresentá-lo a Marianne, uma amiga.

Muito prazer, senhorita. Os amigos do Sr. Marcel serão sempre bem-vindos aqui - disse Mohamed, indicando a nossa mesa.

- Coquetel de frutas, Sr. Marcel?

- Para mim, sim.

- E a senhorita? Gostaria de um kir ou de um coquetel de frutas?

- Prefiro o coquetel de frutas.

– Então são dois – eu disse para Mohamed, que já ensaiava a meia-volta para ir ao bar pedir a preparação dos drinques.

– Você é socióloga ou antropóloga?

– Sou socióloga de formação, mas a livraria nunca me deixou exercer a profissão. Meu pai morreu quando eu terminei a faculdade. Assumi a loja, mas não lamento. Como já falei, gosto do meu trabalho e, apesar dos problemas, estou feliz com o que faço.

– Você disse que gostaria de passar um tempo fora. Se não estou enganado, em Marrakesh.

– Por enquanto, é o lugar menos tumultuado daquela região.

– Houve um atentado suicida em um dos principais restaurantes de lá, com uma dezena de mortos, mas acho que foi um fato isolado.

– Espero que sim, mas, de qualquer modo, ainda não tomei a decisão.

– E como você faria com a livraria?

– Seriam só seis meses. Tenho uma funcionária muito eficiente e, depois, minha mãe já se ofereceu para supervisionar o pessoal.

– Eu já estive em Marrakesh. No primeiro dia, tive vontade de voltar ao aeroporto e tomar o primeiro voo para Paris. Foi bom não tê-lo feito, porque já no segundo dia comecei a ficar encantado com a cidade. As discretas fachadas árabes escondiam um complexo labiríntico com ruelas e cruzamentos onde centenas de pessoas se deslocavam em todas as direções, em uma aparente desorganização. Um olhar mais atento revelou, entretanto, que aquelas pessoas pareciam estar irmanadas em uma estranha e codificada estrutura organizacional.

– Dizem que há muitas lambretas por lá, tal qual em Roma.

– Não são lambretas, como as de Roma; são bicicletas motorizadas ou, quando muito, alguma coisa de porte um pouco maior. O curioso era ver como eles, tresloucadamente, se deslocavam através da multidão sem provocar acidentes.

À medida que o jantar transcorria, Marianne deixava transparecer a elegância de uma interlocutora com grande erudição e cultura. Especialmente naquela noite, ela estava muito eloquente, talvez porque eu, completamente hipnotizado por sua sensualidade difusa irradiada, adotara a mudez do observador e só me manifestava para fazer um ou outro comentário. Tornara-me refém de um desejo posto em marcha e que aumentava cada vez mais.

– Meu querido Marcel, acho que é hora de sairmos. Tenho a impressão de que seu amigo maître está ansioso por isso; já estamos aqui há quase quatro horas. O tempo passou e não percebemos.

– Na verdade, o tempo, como o conhecemos, nesse caso não existiu. Nessas quatro horas, nós fomos eternamente eternos.

– Eternamente eternos?

– Sim. Simplesmente porque nossa eternidade ficou blindada e o transcurso desse tempo não pôde degradá-la.

– Isso me lembra Baudelaire.

– Você tem razão. Para ele, o tempo, inexoravelmente, traz a deterioração, a putrefação, e é um reflexo da infelicidade; nosso inimigo a quem nos cabe enganar.

– Então quer dizer que nesta noite ludibriamos o tempo?

– Exatamente. Por isso não o percebemos passar, e a noite não poderia ter sido melhor.

– Tenho a sensação de que falei mais do que deveria e acabei por não ter deixado você me contar tudo o que eu desejava saber a seu respeito.

– Embora Mohamed não se importe em nos ter aqui por mais algumas horas, podemos dar uma volta ou ir ao meu apartamento, e aí prometo matar sua curiosidade e contar tudo o que você deseja saber.

"Quando ela me disse que sim, parecia que todas as volúpias da terra haviam se concentrado em mim; meu córtex cerebral, instantaneamente, me presenteou com uma ereção."

"Sem ofensas, mas na sua idade, ficar excitado como um adolescente, sem artifícios, era algo para não se esquecer."

"Não esqueci. Aquela sensação extemporânea me fez vencer os limites de cautela que sempre impus a mim mesmo e tomar a iniciativa de levá-la para a cama."

"Imagino, então, sem querer ir mais adiante, que a noite foi prazerosa."

"Até hoje me lembro da aparente inocência de sua expressão facial e do intenso e hipnotizador brilho dos seus olhos, de seus cabelos desalinhados, que, naquela noite, continuaram a me seduzir cada vez mais."

"E o dia seguinte?"

– Bom dia, Marcel. Já é quase meio-dia.

– Deus meu, não me lembro, em toda a minha vida, de ter dormido tanto assim. Você acordou cedo?

– Acordei há duas horas. Fui ao mercado e à padaria. Ah, ia me esquecendo: passei na feira livre da Place Monge. Daqui a pouco irei embora. Tenho que fechar a livraria antes das duas.

– Vou acompanhá-la. Se me esperar, em meia hora estarei pronto.

– Ótimo. Se você não tem compromisso, poderemos almoçar juntos. Vou esperá-lo na sala. Aproveitarei para dar uma olhada na sua biblioteca.

– Ei, ei, espere um pouco. Não pense que vou deixá-la escapar desse quarto tão impunemente.

– E diga-me, meu senhor e algoz: que crime cometi para merecer um castigo?

– Enfeitiçou e escravizou uma pobre e indefesa criatura.

– E a minha pena...?

– Trepar comigo mais uma vez, mais duas, mais três, mais quatro...

– É a sentença mais prazerosa que já me foi imposta: vou me submeter a seus desejos, sejam eles quais forem, meu doce e divino verdugo.

•••

A sala era dupla e grande. Se, por um lado, havia muita organização nas estantes, com os livros em ordem alfabética, a desorganização não poderia ser maior na pequena mesa de centro que ficava entre os dois sofás de couro. Papéis, documentos, contas a pagar se misturavam com os primeiros capítulos do novo livro que eu começara a escrever. Uma pasta azul com uma etiqueta na qual se podia ler em letras garrafais *Colagens do imaginário* chamou a atenção de Marianne. Ela abriu a pasta e imediatamente se deu conta de que o livro da noite de lançamento estava ali, bem diante dela, impresso em papel comum, com uma observação: prova final aprovada.

– Mas é claro, como não me dei conta disso? Há tantas evidências – disse ela para si mesma.

Marianne fechou a pasta e resolveu não dizer nada. Veria até que ponto eu continuaria escondendo que escrevera o livro, que o verdadeiro Marcel Rodd era a pessoa para quem ela se entregara de corpo e alma. Daria tempo ao tempo. Era muito cedo para me julgar e se aborrecer com o fato. Resolveu então ir à cozinha para preparar o café da manhã.

– Ponho a roupa e saímos em um minuto.

– Não se apresse, Marcel, há tempo para tomarmos o café.

A mesa do café preparada por Marianne me surpreendeu. Ela soube, com muita magia, organizar os itens e explorar o visual dos alimentos, o que tornaria mais bonita e saborosa a primeira refeição que faríamos naquele dia. As porcelanas, herança deixada por minha avó, eram legítimas Villeroy & Boch e primavam por apresentar uma combinação refinada entre as peças que recebiam o leite, a manteiga e o café. As bandejas de prata que abrigavam os croissants, os biscoitos, os pedaços da *baguette tradición*, os torrões de açúcar e até as pétalas de rosas açucaradas foram colocadas em pontos harmônica e estrategicamente pensados. A neutralidade da toalha de renda na cor bege foi quebrada pela cor das diversas frutas que compunham a mesa, dentre as quais se podiam notar uvas, mamão, bananas, maçãs, morangos e melão.

– Desculpe-me pela intromissão, acabei invadindo sua cozinha.

– Essa mesa nos convida a um longo desjejum, com direito a muita conversa. E, ao seu término, nos convoca para não fazermos nada.

– Pena não podermos dar ao nosso desjejum o tempo merecido:

> "*Existe, no tempo seguinte a um repasto copioso, uma espécie de tempo em suspensão cheio de doçura, de inteligência e de energia, onde permanecer sem fazer coisa alguma nos concede o sentimento da plenitude da vida...*"

– Pelo que acabo de ver, além de socióloga, dona de livraria e de uma memória invejável, é, também, especialista em Proust.

– Não se impressione. Minha memória não chega a esse nível de perfeição. No colégio, tínhamos que decorar um pequeno trecho de um autor sorteado em sala para recitá-lo na aula seguinte. Eu nunca me esqueci do trecho que retirei de *Caminhos de Swann*, porque, de certa forma, ele me remetia a um passado que, embora, à época, ainda não estivesse longínquo, já deixava muitas saudades.

– Minha querida Marianne, faltam quinze minutos para as duas, talvez seja melhor nos apressarmos.

– Você tem razão, mais uma vez o tempo passou tão rápido que quase não foi notado.

– Exatamente como no jantar de ontem. Parece que esse tempo não existiu. Se todos os nossos encontros forem marcados por essa característica, precisaremos ter cuidado para que a ausência do tempo não nos fascine e nos faça perder os compromissos.

8

Duas semanas depois da noite de autógrafos, fui convidado para participar do ciclo de conferências em um congresso médico organizado por uma universidade de Madri. Desde que me aposentara, decidira encerrar minha carreira acadêmica. Prometera recusar os apelos para que participasse em bancas de defesa de tese ou em qualquer outra atividade na área científica. Para mim, ler e escrever eram atos incessantes, e eu só abria exceções para as caminhadas e os encontros quase diários que, recentemente, passara a ter com Marianne. Mas Madri era particular. Eu havia morado lá e tinha pela cidade um carinho especial. Saber que poderia novamente dar umas boas caminhadas por suas ruas e rever os amigos me alegrava muito. Resolvi, então, interromper meu isolamento e dizer sim para os organizadores do evento.

– Achei que você fez muito bem em aceitar o convite.

– Será bom respirar outros ares e buscar em terra alheia um combustível diferente para minha imaginação.

– E, depois, será apenas uma semana.

– Recusei o hotel que me ofereceram e pedi que me acomodassem no Hotel Inglês.

– O hotel onde Virginia Woolf se hospedava quando ia a Madri.

– Então você o conhece?

– Estive lá uma ou duas vezes.

– E quando escolheu o hotel pela primeira vez já sabia que ela ficava por lá?

– Não, foi coincidência.

– Uma feliz coincidência, que comigo, inexplicavelmente, se repetia sempre. Quando professor, viajava muito para dar conferências, e os hotéis em que ficava já haviam dado moradia a algum escritor famoso.

– Você me disse que prefere os hotéis antigos, talvez aí esteja a explicação.

– É, pode ser.

– Ah, antes que eu esqueça: há dois dias recebi um telefonema de Josephine Lagrange.

– Josephine?

– Sim, aquela jovem universitária que lê para Bernadete; ela estava na livraria conosco.

– Claro, como fui esquecer? Passamos um bom tempo conversando com ela e os demais.

– Pois bem. Ela pretende organizar um clube de leitura e perguntou se eu gostaria de participar.

– E qual foi sua resposta?

– Disse que sim, e ofereci minha livraria para os encontros. Ela me pediu para convidá-lo.

– Talvez seja interessante.

– Também acho; faremos o primeiro encontro em duas semanas.

– E os demais?

– A cada quinze dias.

– Sem problemas. São pessoas tão diferentes; quem sabe não consigo ali material para um próximo livro?

"E sua viagem a Madri? Alguma ocorrência que valha a pena contar?"

"Suportei bem as conferências e participei apenas do jantar de abertura. Minhas idas ao Parque del Retiro, os passeios noturnos pela ruas vizinhas à Calle de Echegaray e os encontros com alguns amigos foram suficientes para espantar parte do tédio que me assedia nos congressos. Mas houve um fato curioso."

"Lá vem você com suas surpresas."

"Uma cigana pediu para ler minhas mãos. Disse-me que vão ocorrer algumas coisas que afetarão minha vida. Só não disse o quê."

"E você ficou impressionado?"

"Naquele momento, confesso que não, mas deveria tê-la levado a sério. Tudo teria ocorrido de forma diferente."

"Mais uma que você deveria ter escutado e não escutou."

"É, a vida de vez em quando nos emite sinais. Pena que não saibamos interpretá-los."

“Concordo, mas tudo acaba da maneira que deve acabar. Talvez você não devesse se afligir tanto com o passado.”

“Teu passado não te incomoda?”

“Não. O presente e o futuro tampouco me incomodam também.”

“Vá lá que o futuro e o passado não te amargurem, mas incluir aí o presente me parece meio estranho.”

“Eu diria meio diferente, mas é exatamente assim que sou.”

•••

Os encontros do clube de leitura planejados por Josephine Lagrange começaram após meu retorno de Madri. Pela sugestão de Marianne, essas reuniões ocorreriam em sua livraria. Eu tinha receio de que tudo ficasse muito enfadonho e que não pudéssemos deixar o grupo se estivéssemos lá. Ela era a proprietária e, por educação, teria que suportá-los até o último momento. Deveria ser a última a deixar o barco, tal e qual um comandante faz diante de um naufrágio. Havia, ainda, a possibilidade de que Marianne deixasse sua refinada educação de lado e antecipasse o rendez-vous, despachando todos antecipadamente. Mas isso seria muito improvável. Depois de algumas explicações, meu argumento funcionou e ela aceitou minha sugestão: encontrar nossos mais recentes amigos no Café de l’Arbalète. Lá poderíamos contar com Fernando, o gerente, para nos arrumar um recanto imune aos curiosos e fofoqueiros de plantão. Poderíamos, então, caso fosse preciso, arranjar uma bela desculpa e ir embora. No entanto, eu sabia que não devíamos fazer deduções apressadas sobre o grupo. Aquelas horas que passamos juntos na noite de autógrafos do meu livro eram insuficientes para qualquer julgamento de valor e não me autorizavam a prever um encontro desastroso. Mas não desejava correr o risco. Se fosse abrir mais uma exceção para deixar o meu retiro, teria que ser por algo que valesse.

•••

– Já é quase meia-noite Marianne, por que não dorme lá em casa?

– Estou há duas semanas na sua casa. Que tal se hoje fôssemos para a minha? Faltam-lhe alguns retoques para que esteja pronta, mas...

– Está bem. Embora você não more a dois passos daqui, não é tão longe, e caminhar um pouco depois desse longo encontro só nos fará bem.

– E por falar em encontro... Jamais poderia imaginar que você arrumaria tempo para eles. Nesses últimos quatro meses, você não faltou a um sequer.

– Realmente. Conversar com eles tem sido muito interessante.

– Alto lá, meu querido. Você é o interlocutor mais silencioso que o mundo já viu nascer.

– Concordo; raramente me dirijo a eles ou até mesmo a você nas nossas reuniões. Mas posso te confessar uma coisa: nunca, em toda a minha vida, falei tanto como nesses encontros.

– Você e seus enigmas.

– Eu falo pela ausência da fala, e essa minha fala que você não pode ouvir se alimenta e retroalimenta pelos diálogos de vocês.

– E isso significa...?

– Que minha fala é errante, está fora de si mesma, fora daquele ambiente.

– Ou seja, você faz dali um laboratório de criação literária.

– Mais ou menos isso; crio mentalmente um espaço literário no qual a linguagem não tem o poder do dizer, pelo menos em alto e bom som.

– A partir dos nossos diálogos, você constrói os seus, e presumo que os anote naquele seu pequeno caderno. Que bom que esclarecemos isso, porque já o via como um analista que anota o que os analisados dizem.

Marianne pediu-me para abrir a porta principal do edifício onde morava. Digitei o código que ela havia me dado algum tempo atrás, mas a porta não se abriu. Após mais uma tentativa, desisti, pedindo que ela mesma o digitasse. Dei dois passos para trás e de minha nova posição podia ver toda a fachada do edifício. Fixei o olhar no alto e, ato contínuo, abaixei muito lentamente a cabeça, fazendo uma rápida varredura de cada andar.

– Você esqueceu as luzes acesas?

– Dei um pulo aqui no final da manhã, mas não acendi as luzes, preferi abrir as janelas.

– Acho que sua memória também está te pregando uma peça. Venha, antes de entramos dê uma olhada em sua janela e veja com seus próprios olhos.

– As luzes estão acesas, sim, mas não fui eu quem as acendeu.

Tudo parecia em seu lugar, exceto o livro que comprei para Marianne.

– Marcel, estou convicta de que deixei o livro no quarto, dentro de uma das gavetas do meu criado-mudo.

– Você pode tê-lo trazido aqui para a sala.

– Tenho certeza que não. Já o li faz um tempinho e não o pego há meses.

– E o que achou?

– Gostei muito. E você? Já leu?

– Acho que precisamos conversar, Marianne.

– Por que precisamos? Eu não estou te cobrando nada.

– Eu sei que não está. Você já sabe que Marcel Rodd e eu somos a mesma pessoa, não sabe?

– Já sei disso há muito tempo. E sei também mais coisas.

– Sobre mim?

– Não, não é sobre você. Fiz um comentário sobre o seu livro no Facebook e recebi algumas informações interessantes, vindas, principalmente, da América do Sul e América Central.

– América do Sul e América Central? Ao que me consta, meu livro não foi traduzido para o português nem para o espanhol.

– Isso é o que você pensa. Fiquei curiosa e acionei vários conhecidos do ramo que atuam nos países daquelas regiões.

– E?

– Mais de cinco milhões de livros vendidos, e também licenças para peça teatral, minisséries de TV e cinema.

– Fizeram um filme?

– Os direitos foram vendidos, mas parece-me que só sairá em dois anos. Estamos falando de algo em torno de dez milhões de euros, incluídas as vendas dos livros.

– Nosso acordo previa, inicialmente, 50% sobre o lucro líquido do primeiro livro. Para o segundo livro e os demais, eu receberia o de praxe, 10% sobre o preço de capa. Mas filmes, peças teatrais ou quaisquer outras coisas mais não estavam previstos no contrato.

– Tenho a impressão de que seu editor te deve muito dinheiro.

– Dei a ele uma procuração com plenos poderes para...

– E ele exerceu, como nunca e como ninguém, esses plenos poderes.

– Não consigo me imaginar como dono de tanto dinheiro.

– Pois eu consigo. E, se você quiser, posso indicar um excelente advogado, especialista em direitos autorais. É do ramo e muito ágil.

– Talvez eu devesse ligar para o editor e tentar fazer um acordo.

– Se eu fosse você, falaria primeiro com o advogado. Não estamos falando de dez mil euros, meu querido. São milhões.

Não se pode dizer que aquela noite tenha sido boa para mim. Eu não conseguira dormir e minha revolta crescia a cada momento. Tivesse me deixado guiar pela emoção, teria telefonado para o meu editor dizendo-lhe poucas e boas, mas fui convencido por Marianne: a surpresa pode ser uma boa aliada e decisiva para se vencer o primeiro round, o primeiro dos muitos rounds que virão, disse-me ela.

9

Não, não era o dinheiro que me fora roubado o que mais me aborrecia. Eu aprendera a viver com os rendimentos da aposentadoria da universidade e com os cheques dos direitos autorais dos outros livros que recebia. Não me apeteciam as viagens, a ostentação, a vida noturna ou qualquer outra coisa que muitas cédulas a mais pudessem comprar. Eu aprendera a exorcizar o consumismo, e o padrão de vida que tinha me bastava. O fato de ter sido traído, isso sim me angustiava. O ódio encarcerado no meu sistema límbico pela voz da razão libertou-se com força bastante para exigir vingança.

"Mas eram alguns milhões de euros. Uma bela soma."

"Eu sabia, mas não me importava. Naquele momento, só pensava em vingança. Com o que tinha, podia dedicar-me com exclusividade à minha paixão: escrever e ler; ler e escrever."

"Esqueceu Marianne?"

"Era outra ordem de paixão. E depois, eu sabia que um dia talvez tudo terminasse. Ela era muito mais jovem e eu não poderia, mesmo que desejasse, acompanhá-la em tudo. Na verdade, naquele momento, a única coisa que me importava era buscar justiça. Enquanto não encaminhasse as coisas nesse sentido, não poderia manter minha rotina, e não tardei em tomar as providências: no dia seguinte, encontrei-me com o advogado indicado por Marianne."

– Bom dia.

– Bom dia. Em que posso ajudá-lo?

– Tenho uma hora marcada com o Sr. Lamounier. Diga-lhe, por gentileza, que é da parte de Marianne. Marianne Lacroix.

– Seu nome, por favor?

– Marcel Rood.

– Ele o espera. Entre, por favor.

– Professor Marcel Rood? Por favor, sente-se.

– Muito prazer, Sr. Lamounier. Obrigado por me receber tão rapidamente.

– Conversei com Marianne e ela me pôs a par de tudo. Já sei de sua angústia e imagino que a essa altura ela deve estar muito ansiosa. Seu caso é sui generis, Sr. Marcel, pelo menos até onde as extensas pesquisas que fiz nos anais jurídicos me deixam ver.

– Confesso que tive uma certa culpa.

– Essa palavra deve, a partir de agora, desaparecer de seu vocabulário. A culpa, nesse caso, é tão somente do canalha que o roubou. Preciso que o senhor me traga o contrato que assinou com ele e discrimine tudo que lhe foi pago.

– Sem problemas. Posso deixar tudo com sua secretária?

– Pode. Precisarei de um ou dois dias para verificar esses documentos e, em seguida, marcarei um novo encontro.

– E se ele me telefonar, o que digo?

– Aja como se nada tivesse acontecido. Sei que será difícil, mas resista à tentação de cobrar dele qualquer tipo de satisfação.

– E qual será sua estratégia?

– Não está definida, embora saiba que constituiremos diferentes ações, tendo em vista o envolvimento de vários países.

– Está bem. O senhor tem as rédeas; o comando é todo seu.

– Já lhe adianto que não será fácil, meu amigo. Haverá demanda de alguns anos para o veredito final. Os tribunais naqueles países em questão estão abarrotados de processos, e sabemos que há poucos juízes.

– Há o risco de suborno? Imagino que dinheiro Raynard deve ter de sobra para comprar pareceres favoráveis.

– Por segurança, farei com que o fato tenha repercussão internacional, assim blindamos o caso a qualquer tipo de desonestidade e manipulação.

– E nosso próximo passo?

– Como lhe disse, após examinar com cuidado o contrato que o senhor assinou com ele, traçaremos a melhor tática.

•••

Após três meses, todos os processos haviam sido estabelecidos e distribuídos. Provavelmente, o Sr. Raynard já deveria ter sido notificado. A angústia, a ansiedade e o desejo de vingança faziam parte do meu cotidiano e permaneciam com o mesmo vigor do primeiro dia em que se manifestaram. Haviam se incorporado em mim, bloqueando minha imaginação e me impedindo de fazer aquilo que mais me encantava: escrever. Eu deixara também de frequentar os encontros do clube de leitura. Diariamente me perguntava por que ainda não conseguira, ao menos, aceitar os fatos e esperar com calma o resultado do processo jurídico. Antes desse episódio, sempre que me via diante de uma ocasião difícil, acionava meu mecanismo anticrise que desenvolvi e amadureci com o passar dos anos. Meu poder de racionalizar a situação equacionava os problemas de forma muito satisfatória, e, em um ou dois dias, tudo era superado. Entretanto, a descoberta de Marianne me fez deparar com um lado de minha personalidade que eu, até então, julgava ser imune aos sentimentos menos nobres. E o que era mais grave: àquela altura, aqueles sentimentos já estavam mudando minha vida para pior. Mas por que eu não conseguia, ao menos, equilibrar a situação? Aceitar os fatos consumados e esperar os desfechos dos tribunais.

•••

– Talvez eu não devesse ter te revelado toda essa história, Marcel.

– Por quê, Marianne?

– Pelo que me consta, o dinheiro perdido não é aqui a questão principal. Ter sido enganado, isso sim parece ser o seu problema, e, ao que tudo indica, essa traição não foi bem gerenciada. Parece que aí começaram os problemas. Lá se foi sua paz de espírito e, com ela, uma série de outras coisas. Você se deu conta disso, Marcel? Desde então seu novo romance não avançou sequer uma página. Nossa relação tem se mantido em um nível que não me agrada e, tenho certeza, também não lhe agrada. Você deixou de ir aos encontros do clube de leitura. Fechou-se mais em si mesmo.

– Eu tenho sido agressivo, intransigente ou qualquer outra coisa?

– Não, não. Nada de agressividade, nada de sorrisos, nada de gentilezas, nada de nada, esse é o problema.

– Já não tenho a certeza de que esse meu estado esteja relacionado ao roubo de meu editor. Não se culpe. Embora minha eterna frieza não deixe transparecer, tenho sofrido muito. Não consigo entender o porquê de tudo isso. Uma constante sensação me persegue. Pressinto que tenho que tomar uma decisão, pois parece que algo ruim está na iminência de acontecer. Mas não sei o que poderia ser e muito menos o que fazer para evitar. Talvez aí esteja a causa de todos os problemas. Estar diante do desconhecido, não conhecer a face do verdadeiro problema.

– Ufa, até que enfim você se abriu um pouco. Estamos tendo progressos, meu querido. Já é um começo. Precisamos conversar mais. Você sempre me passou a imagem de um homem muito seguro de si, mas agora eu o sinto um pouco inseguro, parece em dúvida.

– Não sei se dei a impressão de estar com dúvidas, mas é engraçado ver você falar nisso.

– E por quê?

– Tenho tido um sonho que se repete há meses. Estou diante de uma porta, de uma grande porta. Hesito em ver o que está por detrás dela, mas algo arrasta minhas mãos até a maçaneta e me faz abri-la. Vejo, então, dois caminhos, e não sei qual deles seguir: o da esquerda me conduz a um lugar onde eu deixo de ser eu mesmo e passo a viver uma outra situação, até esse momento desconhecida para mim; o da direita me leva a um ambiente parecido com o local onde sempre estive.

– Pelo que vejo, se a atual situação persistir, o caminho a ser seguido será o da esquerda, aquele que o leva a um lugar no qual você se torna outra coisa, ou melhor, outra pessoa. Uma pessoa mais amargurada, mais infeliz. A raiva, a angústia, a ansiedade e o desejo de vingança passarão a ser os teus fiéis companheiros de estrada.

– Querida Marianne, respeito sua interpretação, mas discordo. Se tomar esse caminho, passarei a viver uma outra situação, sim, mas ainda que não possa defini-la, ela está longe de me trazer sofrimentos ou tristezas.

– Fazer leitura de sonhos não é o meu forte, Marcel. De qualquer modo, deixando esses sonhos à parte, acho que uma análise poderia ajudá-lo.

– Já pensei nisso. Tão logo tome a decisão, prometo avisá-la.

– Ok, vamos mudar de assunto. Que tal falarmos do clube de leitura?

– E a quantas andam os encontros?

– Resolvemos avaliar alguns livros, e tente adivinhar qual foi o primeiro. É de alguém que você conhece muito bem.

– Não me diga que...

– Exatamente, meu querido! Seu livro foi o escolhido, por unanimidade. E olha, eu não influenciei ninguém.

– Pelo menos, há um lado positivo em minha ausência. Eu me sentiria muito constrangido se tivesse participado desse encontro.

– Imagino que você queira saber quais foram as opiniões, não?

– É claro que sim. Acredito que um autor deseja, em um primeiro momento, ser lido, e, depois, saber as impressões que causou no leitor.

– Já falo sobre as opiniões. Quero, antes de mais nada, falar uma outra coisa. Você se lembra da Bride, a que dormia tão logo abrisse um livro? E do Angus, que comprava os livros e os trancava em uma caixa? Pois bem, acredite se quiser: estão curados, completamente curados das suas esquisitices. A Bride consegue ler até trinta páginas de um livro sem que se note um bocejo. E Angus resolveu dar anistia a suas centenas de livros que se encontravam enclausurados a sete chaves. Foram transferidos das caixas para as estantes, até então vazias.

– Que, como boas anfitriãs, devem estar muito contentes com a novidade.

– Boas anfitriãs?

– Me refiro às estantes. Será que as do Angus são de boa qualidade?

– Isso é relevante?

– A morada de um livro é muito importante, Marianne. Se eu fosse um livro, ficaria muito incomodado com aquelas prateleiras de metal que costumam frequentar algumas bibliotecas. São tão frias. Nada como uma estante de boa qualidade, de madeira nobre, feita por algum carpinteiro artesão. Ah, e existem ainda os tais armários de MDF, comprados em alguma loja de departamentos, que imitam madeira e não têm nenhuma personalidade. *Voilá.*

– Meu querido Marcel, não me leve a mal. Retifico o que falei há pouco sobre a análise: seu caso é psiquiátrico.

– Está bem, está bem. Prometo não falar com minha imaginação. Voltemos às opiniões.

– Não me lembro exatamente do que cada um disse. Mas, em tese, elogiaram muito a estrutura do livro. Todos acharam o autor uma pessoa culta e que lida muito bem com a narrativa fantástica. Pessoalmente, achei excelente a descrição do processo criativo de um escritor dividido entre a memória cultural e a modernidade tecnológica. Só a parte policial deixou a desejar. Parece ter sido encaixada apenas para justificar a morte do escritor. Mas isso não foi notado pela maioria, exceto por Josephine. No final, aprovaram a obra, parabenizando o autor, no caso, você, e todos afirmaram que o livro os remeteu à essência dos seus sentimentos e fantasias.

– Fico feliz com as observações. As opiniões dos críticos também foram bem favoráveis. Você as viu, não?

– É lógico que as vi. Eu li algumas delas para você na livraria, não se recorda?

– Você tem razão. Estávamos na fila à espera do autógrafo que o Sr. Eugène Rufus daria por mim.

– Foi meio tolo de minha parte falar sobre nossos comentários para você. A exata dimensão de sua obra e o que ela representa foi muito bem dito nos comentários daqueles críticos.

– Engano seu. Os comentários dos críticos podem ter me deixado contente, mas valorizo muitíssimo o que diz o leitor comum. Virginia Woolf dizia que o senso comum desse leitor não está corrompido por convencionalismos literários. Ele lê para si mesmo, para seu prazer, muito mais do que para compartilhar conhecimento ou fazer algum tipo de ajuste nas opiniões que nós, autores, emitimos.

– Eu não sei se já falei sobre isso com você, mas me impressionam muito as inferências de toda ordem que os críticos fazem sobre as obras que avaliam.

– Eu também fico muito surpreso com a interpretação que fazem do que escrevo. Me atribuem intencionalidades que jamais passaram pela minha cabeça. Mas acho interessante a leitura que fabricam a partir dos meus textos. Deixemos os críticos de lado. Você não mencionou a Bernadete. Ela saiu do clube?

– Faltou aos dois últimos encontros, mas, até então, vinha participando normalmente.

– Teria ficado doente?

– Achamos que não. Ela suspendeu, temporariamente, os serviços de Josephine, dizendo que talvez fizesse uma viagem ao interior para visitar uma prima.

– Ela consegue, com o problema de visão, se locomover sem dificuldades?

– Digamos que razoavelmente bem. Seu maior problema é com a leitura, por isso recorre à Josephine. Talvez devêssemos procurá-la em casa para saber notícias.

– Acho que não há motivo para preocupações. Quem sabe a prima esteja enferma e ela resolveu ficar para ajudá-la.

– Pensei nisso também, e essa foi a hipótese que prevaleceu. Já que falamos tanto nos encontros, por que você não vai ao próximo?

– Vou pensar. A ideia me seduz.

10

A conversa com Marianne me trouxe de novo à realidade. A doentia vontade de vingança que passara a fazer parte do meu cotidiano se fora da mesma forma como apareceu: repentinamente. Decidi esperar moderada e civilizadamente os resultados dos processos movidos contra o Sr. Raynard, na certeza de que ele seria punido. Voltei a dar minhas caminhadas pelas ruas de Paris e a relação com Marianne se normalizou. Precisaria, agora, encontrar um novo editor, mas sabia que não teria dificuldades; meus livros tinham uma boa vendagem e agradavam à crítica especializada, fatores que nem sempre andam juntos. A certeza de que encontraria esse novo editor me fez voltar a escrever com muito empenho. Nos três dias que se seguiram ao encontro com Marianne, concentrei todas as energias no novo livro. Trabalhei incessantemente. No quarto dia, amanheci com dores nas costas. Eu esquecera um princípio básico para prevenir essas dores que, no passado, atenazavam minhas ideias e perturbavam minha concentração: o de levantar a cada cinquenta minutos e dar uma boa espreguiçada – um conselho que me fora dado por meu fisioterapeuta e que funcionava. Resolvi nada fazer naquele dia. Não construíra o mundo em sete dias, mas, a julgar pelo cansaço e pelas dores que invadiram meu corpo, parecia tê-lo feito em três. O descanso era merecido. Resolvi, então, ir ao Jardin des Plantes para ver uma exposição de orquídeas. Quando me preparava para entrar no jardim, ouvi alguém, que parecia estar atrás de mim, chamar pelo meu nome.

Voltei-me. Fiquei por alguns segundos paralisado com o que vi, mas logo em seguida me refiz da surpresa.

– O senhor sabe muito bem que não podemos nos falar.

– Mas por que não, Sr. Marcel? O senhor foi muito injusto.

– Ah, eu fui injusto? O senhor trai a minha confiança, me rouba alguns milhões de euros, e eu fui injusto? Que cara de pau! Sorte a sua que já consegui domar minha raiva, porque senão, a essa hora, seu nariz já estaria sangrando.

– Vamos conversar; podemos ajeitar as coisas sem necessidade de brigar na Justiça.

– Por acaso tenho aqui o cartão do meu advogado. Entre em contato e combine tudo com ele.

– Deixemos de lado os advogados, eles sempre complicam as coisas. Olha, convido-lhe para um café e acertamos tudo.

– Não há a menor chance de irmos adiante com esta conversa, e muito menos de estabelecermos qualquer acordo sem que meu advogado faça a intermediação. Tenha um bom dia, Sr. Raynard.

Ainda tenho esperança de convencê-lo a mudar de ideia.

"Você não se sentiu meio perturbado depois desse encontro?"

"Não. Tive ali, naquele momento, a real prova de que havia superado todos os problemas que ele me causou."

"Ia perguntar se ele se mostrou agressivo, mas acho que a pergunta não caberia aqui. Ninguém iria propor um acordo dando demonstração de valentia, estou certo?"

"Não gostei do tom de voz quando ele disse que me convenceria a fazer um acordo. Embora a palavra esperança, usada por ele no meio da frase, fosse atenuadora de uma possível agressividade, ela me soou um tanto irônica."

"Mas houve alguma tentativa de intimidação por parte dele?"

"Tudo a seu tempo, meu amigo. Tudo a seu tempo."

•••

Resolvi voltar a frequentar os encontros do clube de leitura e contar a todos a verdade: que Marcel Rodd era o pseudônimo de Marcel Rood, meu verdadeiro nome. Já não havia mais motivos para me esconder; o caso se tornaria público, provavelmente com cobertura da imprensa. Melhor que soubessem de toda a história por mim. Embora não houvesse uma relação de amizade profunda entre a gente, compartilhamos juntos muitos momentos, e eu não queria que sentissem que os traí. Já houvera traição suficiente.

– Meus amigos, nosso encontro de hoje será muito especial. Primeiro porque temos de volta o nosso querido Marcel, e depois porque ele tem algo de muito especial para nos contar – disse Marianne.

– Seja bem-vindo, Sr. Marcel – disse Angus, logo seguido por Bride e Josephine.

– Obrigado a todos. Tive alguns problemas e me afastei de vocês. Mas aqui estou, de novo, e prometo uma participação mais atuante.

– Estamos curiosos com o que o senhor tem para nos contar.

– Esperemos mais um pouco. Talvez Bernadete venha – eu lhes disse.

– Eu não esperaria. Tenho tentado sem sucesso telefonar para ela. Deve estar viajando, porque me disse que talvez visitasse aquela prima que mora fora de Paris – disse Josephine.

– Pelo que me consta, já faz mais de quarenta dias desde a última vez que vocês a viram, não é isso? – perguntei.

– Sim, acho que é mais ou menos isso – respondeu Marianne.

– Pois então, acho que amanhã mesmo deveríamos procurá-la. E o primeiro passo seria entrar em contato com a tal prima. Alguém sabe o endereço ou telefone dela?

– A única que pode saber é Josephine; é quem mantém contato com ela – disse Angus.

– Eu frequento a casa da Bernadete, mas, infelizmente, ela não me deixou o telefone da prima – respondeu Josephine.

– Mas não era você quem acessava a conta de e-mail dela? – perguntei.

– Bem lembrado, Sr. Marcel, como não pensei nisso antes? Sou eu quem lê as mensagens da caixa postal dela. Provavelmente já tenha até visto esse telefone, mas não prestei atenção. Tenho as chaves do apartamento; amanhã tomarei conta disso.

– Então, prossigamos. Há alguns anos, venho escrevendo livros de ficção com um pseudônimo. Com um pseudônimo que vocês já conhecem: Marcel Rodd.

– Quer dizer então que o livro lançado na noite em que nos conhecemos foi escrito pelo senhor? – perguntou-me Josephine.

– Sim, eu o escrevi; e quero aproveitar para dizer que fiquei muito feliz com a impressão que vocês tiveram sobre ele.

– Mas por que o senhor resolveu nos contar? Afinal, o pseudônimo não teria a função de mantê-lo incógnito?

– Eu conheço alguns autores que se revelam, apesar de utilizarem pseudônimo, mas esse não era o meu caso. Eu preferiria não me mostrar, mas tive um sério problema com meu editor e presumo que isso não será mais possível.

– Mas por que o pseudônimo, Sr. Marcel? – perguntou Angus.

– Já me fiz essa pergunta muitas vezes, e muitas vezes respondi a ela com várias conjecturas, dentre as quais prevaleceu o fato de que achava não ser bom misturar meu passado de cientista com o de ficcionista. Mas esse e todos os palpites que se seguiram não tinham consistência e, na verdade, até hoje não sei o porquê do pseudônimo.

– E os problemas com seu editor têm algo a ver com o uso do pseudônimo?

– Em parte, sim. O anonimato e a procuração que dei a ele forneceram-lhe uma poderosa ferramenta: a de me representar juridicamente em várias instâncias. Bem, isso é tudo.

A notícia de que eu era Marcel Rodd pegou a todos de surpresa. Então, sugeriram suspender os trabalhos e comemorar o fato. Saímos do canto reservado que o Café de l'Arbaléte cedia para os encontros e nos sentamos na parte externa. Foi então que Josephine se dera conta de que poderia utilizar a conexão Wi-Fi do café e, através de seu notebook, acessar o e-mail de Bernadete. Poderia então tentar obter o telefone de sua prima e fazer a ligação dali mesmo.

– Boa noite. Falo com a Sra. Caroline?

– Boa noite. É ela mesma.

– Aqui quem fala é Josephine. Eu trabalho para Bernadete, sua prima. Desculpe-me pelo horário.

– Não se preocupe, não é tão tarde assim. Ela já havia me falado a seu respeito. Você é a pessoa que a ajuda nas leituras, não é mesmo? Aconteceu alguma coisa com ela?

– Ela não está em sua casa? Pensei que estivesse com a senhora, pois mencionou que lhe faria uma visita.

– De fato, ela me falou que talvez viesse para uma temporada. Eu lhe disse que os ares do campo iriam lhe fazer muito bem; pedi inclusive que viesse preparada para ficar pelo menos um mês, mas até agora ela não apareceu. Nós somos muito amigas, crescemos juntas na fazenda de nosso avô. Da família só restamos nós duas, o que estreitou bastante nosso laço de amizade. Estou apreensiva. Será que ocorreu algo com ela?

– Eu compreendo sua preocupação, mas fique tranquila. Amanhã irei procurá-la e, tão logo tenha notícias, lhe telefono. Boa noite.

– Alguma notícia? – perguntei a Josephine.

– Não. Ela não viajou para a casa da prima. Começo a ficar preocupada.

– Precisamos procurá-la. Melhor nos organizarmos. Faremos a busca em hospitais, no necrotério e na polícia – eu lhes disse.

– Prefiro ir ao hospital, deixo o necrotério para outro. Tenho pavor daquele lugar – disse Bride.

– Sem problemas, eu irei. Passei boa parte de minha vida profissional dissecando cadáveres e, ainda que não morresse de amores pelo que fazia, acho que sou o mais indicado para esse lugar – observei.

– Irei com você – disse-me Marianne.

– Então ficamos assim: Bride vai ao hospital, Marcel e Marianne ao necrotério, e sugiro que Angus percorra os hospitais dos *arrondissements* vizinhos. Passarei pelo distrito policial do bairro e depois irei à casa dela para ver se há alguma pista que possa nos ajudar – disse Josephine.

•••

Se eu pudesse qualificar e pontuar minha vida profissional usando como referência as diversas atividades que exerci, os quatro anos que passei dissecando cadáveres ganhariam o último lugar. Nunca me senti confortável usando um bisturi para cortar corpos sem donos. Sabia que tão logo terminasse minha dissertação de mestrado, abandonaria aquele ramo da medicina. Eu sempre me perguntava: será que existe alguém que goste de ver mortos? Pelo menos no que dizia respeito à França, eu sabia que a resposta era afirmativa. Houve uma época, no século XIX, em que Paris expunha os corpos dos indigentes mortos para identificação. Consta que Charles Dickens era assíduo frequentador do necrotério de Paris. Cada um com seus motivos. Para Dickens, a atração pela repulsa parecia justificar sua estranha compulsão. Para outros, seria uma simples diversão ou, quem sabe, simplesmente uma paixão pelo mórbido. O fato é que eu não gostava de ver os mortos. Se me perguntassem por que a opção pela especialidade, mesmo que passageira, se eu não gostava, eu responderia que fiz porque senti que deveria fazê-lo, foi instintivo. Só isso? Tão simples assim? Não, não era tão simples assim; a resposta era mais complexa do que se poderia imaginar. Essa e muitas outras perguntas estavam no rol daquelas que eu nunca conseguiria responder. Mas de uma coisa eu estava certo: não faria nenhum esforço para buscar as verdadeiras respostas; eu me contentaria em seguir os meus instintos.

Naquela manhã, os relógios estavam prestes a dar as dez badaladas quando Marianne e eu chegamos ao necrotério e nos dirigimos ao balcão de informações. Logo me identifiquei como médico, pois sabia que minha ex-profissão abriria algumas portas mais rapidamente. Fomos recebidos pelo diretor do local.

– O que traz o colega aqui? – perguntou-me.

– Temos uma amiga, Bernadete Debutair, idade entre 65 e 70 anos, branca, desaparecida há mais de um mês. Queremos saber se há algum registro de sua passagem por aqui.

– Há dois corpos sem identificação: um deles, vítima de atropelamento, parece corresponder à descrição que o senhor me dá. Pedirei a um assistente que o acompanhe para a identificação.

O funcionário vestiu as luvas e, em uma atitude postural que parecia ter sido ensaiada para o ato, pôs as duas mãos na alça da cuba e de um só arranque a puxou da geladeira. A tênue névoa que se espalhava pelo corpo dissipou-se rapidamente, deixando transparecer o rosto pálido e inerte de Bernadete. Naquele momento, as mãos de Marianne agarraram meu braço, talvez na tentativa de buscar apoio para um anunciado princípio de desmaio.

– É a própria, obrigado. Pode colocá-la de volta – eu disse ao funcionário.

– Pobre Bernadete, por pouco não seria enterrada como indigente – disse Marianne, já refeita do mal-estar.

– Temos agora que tomar as medidas necessárias para um enterro digno – acrescentei.

Talvez tenha sido entre os dez e os doze anos de idade que eu começara a fazer relação entre o enterro das pessoas e o tempo. No princípio, pensava que as pessoas boas teriam seu enterro sob um céu azul. Os maus desceriam à cova sob forte chuva. O tempo nublado ficaria para aqueles que estavam no meio do caminho: ora praticavam o bem, ora faziam alguma maldade. Não tardou muito para perceber que havia alguma coisa errada naquele meu pensar quando vi que havia gente muito boa sendo enterrada debaixo de forte temporal, e pessoas muito ruins com funerais acontecendo sob forte sol.

"Enterros, enterros, sempre a mesma coisa, choradeira para cá, choradeira para lá, falsidades, rancores, e por aí vamos. Confesso que estou cansado de assisti-los."

"Concordo, mas esse foi especialmente marcado por um fato curioso."

"Curioso?"

"Meu editor, ou melhor, ex-editor, acredite ou não, estava lá, acompanhado do ator que me substituíra na noite de autógrafos."

"Eugène Rufus, era esse o seu nome, não?"

"Pelo menos foi assim que se apresentou."

"E por que estariam lá?"

"Foi exatamente a pergunta que me fiz naquele momento."

"Talvez o Sr. Eugène tenha sido avisado por Josephine; e ele, por sua vez, comunicou o fato ao Sr. Raynard."

"Não acredito nessa hipótese, pois Josephine já sabia que meu editor havia me aprontado poucas e boas. Eles se posicionaram a uma distância obsequiosa, mas mesmo assim achei muita audácia terem ido ao enterro."

"Confirmaram o atropelamento?"

"Parece que sim. A polícia encerrou o inquérito: atropelamento seguido de morte instantânea, motorista não identificado. O carro a jogou a mais de dez metros de distância."

Nosso clube de leitura sofrera sua primeira baixa. O encontro que se seguiu ao enterro de Bernadete foi pautado por uma homenagem especialmente preparada por Josephine, que a tinha como mãe e conselheira. O tempo em que passaram juntas fortalecera os laços de respeito e amizade entre elas. Aos vinte e poucos anos, idade de Josephine, ainda não elaboramos um mecanismo de gerenciamento de perdas; ele só vem com a idade. Ela estava inconsolável e nada que fizéssemos naquele momento diminuiria seu sofrimento.

11

A pequena igreja de Saint-Julien-le-Pauvre, que fica na Rue Galande, no Quartier Latin, foi o local escolhido para a missa de sétimo dia da Bernadete. Ela morava nas proximidades e era assídua frequentadora do local. Tínhamos a esperança de que vizinhos e amigos vissem o anúncio da missa no pórtico da igreja e comparecessem. A ideia surtiu efeito. Havia mais pessoas do que lugares disponíveis. Se metade dos que ali estavam orassem pela alma da Bernadete, ela já teria obtido os créditos necessários para descansar em paz. A missa ia pela metade quando vi uma pessoa acenar para Josephine, que, visivelmente desconcertada, retribuiu o cumprimento. De onde estava, não consegui identificar a pessoa. Movido pela curiosidade, mudei de posição e lá estava ele: Eugène Rufus em pessoa. Que diabos estaria fazendo ali?

– Sr. Marcel, preciso falar com o senhor – disse-me Josephine.

– E eu já sei qual o assunto.

– Minha família é gente humilde do interior, não temos muito dinheiro. Resolvi vir para Paris para estudar; vivo à minha custa e, para isso, preciso dar duro.

Antes que ela continuasse, interrompi.

– Eu imagino a situação, deixe-me adivinhar: o Sr. Eugène Rufus lhe arranjou vários clientes.

– Não, não, não há tanta gente que possa pagar uma leitora. A editora que editou o seu livro fez um acordo com algumas prefeituras de bairros em várias cidades, e aí, sim, eu lia as obras que o Sr. Raynard editava. Seu livro fez um grande sucesso. Ia tudo muito bem, até que...

– Até que?

– As prefeituras compravam da editora setecentos ou oitocentos livros e os distribuíam aos moradores. Então se descobriu uma enorme roubalheira. Imagine que o Sr. Raynard, em conluio com o pessoal das prefeituras, emitia notas fiscais falsas, dando conta de que havia vendido milhares de livros. Não sei bem quantos, mas eram muitos. Na verdade, a quantidade publicada não passava da casa das três ou quatro centenas de exemplares.

– Mais uma de nosso amigo. Eu não estou surpreso.

– Espero que o senhor não me julgue mal.

– Não há por que julgá-la mal. Na realidade, não há nem mesmo motivo para julgá-la.

Com a chegada de Marianne, me despedi de Josephine e fomos até o Marais. Era sábado e tínhamos o dia livre. Havíamos combinado de fazer umas compras e ir ao Musée Carnavalet para ver a exposição de fotografias da grande enchente que inundou Paris em 1910.

– Essa exposição me lembra a conversa que tive com um amigo. Discutíamos se o mundo acabaria em fogo, como dizia a profecia, ou debaixo d'agua – eu disse para Marianne.

– A julgar pelos últimos acontecimentos, parece que a hipótese da água vencerá.

– Foi exatamente o que eu disse para esse amigo.

– Dizem que uma grande enchente atingirá Paris e provocará uma inundação pior do que a de 1910. Todos os prédios vizinhos ao rio Sena seriam completamente cobertos pela água.

– E se naquela época os transtornos foram grandes, imagine agora.

– Sendo você um escritor, acho que vai gostar de ler isso aqui – disse-me Marianne, apontando para um texto que estava exposto ao seu lado.

> *Vous savez que l'eau a été devant ma porte et est encore dans mes caves et je n'ose pas devant les grands malheurs de tous parler de moi. Mais les procédés qu'on emploie pour sécher et désinfecter me donnent de ces crises auxquelles rien n'apporte de soulagement. Quand elles se calment, le repos n'est pas possible parce qu'on arrache les parquets pourris des sous-sols...*
>
> Marcel Proust, lettre à Georges Lauris, 15 février 1910.

> [Você sabe que a água chegou até minha porta e ainda está nos meus porões, e não

ouso falar de mim diante das grandes desgraças de todos. Mas os processos empregados para secar e desinfetar a casa me dão crises que coisa alguma alivia. Quando elas se acalmam, um verdadeiro repouso não é possível porque estão arrancando o piso apodrecido do subsolo...]

– Pois é, minha querida, não há imunidade contra catástrofes.

Após a exposição, acompanhei Marianne até uma dessas lojas que vendem os famosos sabonetes de Marseille. Resolvi esperá-la na porta e, enquanto ela decidia o que levar, distraía-me olhando os coloridos sabonetes expostos na vitrine da loja, tentando separar as imagens dos que passavam pela rua e que se refletiam no vidro. Foi então que notei um homem que se sobressaía pela altura e que me parecia muito familiar. Concentrei meu olhar em sua figura, eliminando quaisquer outras influências que me chegavam à retina. Era ele. Não havia dúvida, aquele era o Sr. Eugène. Já havia iniciado o movimento de rotação de minha cabeça para vê-lo de frente, quando ouvi a voz de Marianne. Interrompi meu gesto para pedir-lhe que esperasse um momento. Tarde demais. Quando enfim girei a cabeça, o homem que eu julgara ser o ator que me substituíra na livraria havia desaparecido.

– Você tem certeza de que era ele? – perguntou-me Marianne.

– O que vi foi uma imagem refletida na vitrine da loja, mas tenho quase certeza de que era ele. O que estaria fazendo aqui? Me seguindo?

– Pode ter sido uma coincidência.

– Ou não. Seria também coincidência tê-lo visto acenando para Josephine hoje pela manhã na missa de Bernadete?

– Ele? Na missa? Eu não o vi, mas agora o quadro se altera. Ele a conheceu muito rapidamente na noite de autógrafos e duvido que se lembre dela. Não havia motivos para que estivesse lá.

– É, foi o que pensei. Vou dar uma volta por aí e ver se o encontro. Acho que ele me deve algumas explicações.

– Está bem, nos vemos à noite. Boa sorte e tenha cuidado.

•••

Alguns meses se passaram desde então. A morte de Bernadete não era agora mais do que uma lembrança, uma remota lembrança que ficara no passado. As conversas que mantinha no clube de leitura passaram a fazer parte da minha rotina. Nenhum de nós faltava, e a cada quinze dias um dos membros deveria comentar uma obra.

– Boa noite, Angus, acho que nos antecipamos um pouco – eu lhe disse.

– Nem tanto, faltam quinze minutos para o início do encontro. Hoje desbancamos a Josephine; ela é sempre a primeira a chegar.

– Eu precisei sair mais cedo do último encontro e não fiquei sabendo quem vai apresentar o comentário de hoje.

– Será a própria. Ela vai nos falar sobre o livro *Contes de Nöel aux herbes de Provence.*

– De Georges Lauris. Não faz muito tempo, li um trecho de uma carta que Proust lhe enviou.

– Parece que eram muito amigos – falou Angus, olhando para o relógio.

– Ainda falta um pouco, Angus. Mas, de qualquer forma, Marianne e Bride acabam de entrar.

– Boa noite, Marcel, boa noite, Angus – disseram as duas recém-chegadas.

– E a Josephine? – perguntou Marianne.

– Está atrasada, mas com certeza não vai faltar; cabe a ela a apresentação de hoje.

– Acho que vou telefonar para ela e saber se virá – disse Bride.

– Você não vai conseguir, Bride. Há dois dias ela ligou para a livraria e me disse que haviam roubado seu celular. Disse que no dia seguinte, que foi ontem, iria comprar um outro aparelho e nos ligaria tão logo tivesse o novo número – disse Marianne.

– E algum de vocês recebeu esse novo número? – perguntei-lhes.

– Não – responderam todos.

– E a pensão onde mora? – perguntei.

– Ela vai sair de lá. Acho que falou qualquer coisa sobre aceitar o convite que Angus lhe fez. Ela te procurou, Angus? – perguntou Bride.

– Ela comentou que teria que sair da pensão. Eu lhe disse que poderia ficar lá em casa, até que arrumasse um outro lugar. Moro na Banlieue, mas numa casa com um belo quintal, onde tenho até um pequeno lago. Mas até o momento ela não me procurou. Talvez tenha arrumado outro local – respondeu Angus.

– Então, não há como entrarmos em contato com ela. Só nos cabe esperar mais um pouco.

Pela primeira vez, Josephine deixou de ir ao nosso encontro. Conjecturas diversas surgiram para explicar sua ausência, mas nenhuma delas acertaria a verdadeira razão pela qual ela havia faltado. No dia seguinte, tendo como som de fundo o canal de música clássica, retomei meu trabalho. O livro progredia rapidamente. Eu me divertia com o desempenho que atribuía aos meus personagens. Não sabia se o material que produzia prestava, pois estava em estado bruto; ainda passaria por uma primeira, uma segunda e, muito provavelmente, uma terceira revisão, antes de ser enviado para o novo editor. Era para isso que serviam as revisões, para a poda, para o corte dos excessos. No rádio, as músicas clássicas eram tocadas ininterruptamente por sessenta minutos, sendo então interrompidas para um breve noticiário, coisa de cinco minutos, não mais. Eu aproveitava esse breve intervalo para me levantar e dar uma boa esticada no corpo, na tentativa de evitar futuras dores na coluna vertebral. Raramente as notícias detinham minha atenção, mas, naquele dia...

– Bom dia. Por favor, você poderia chamar a Marianne?

– Bom dia, ela está em uma reunião, o senhor poderia deixar seu nome?

– É urgente. Interrompa a reunião e diga-lhe que Marcel tem um assunto muito importante para lhe falar.

– Alô, Marcel?

– Oi, Marianne, desculpe-me por interrompê-la. Acabo de ouvir a notícia de que a polícia resgatou o corpo de uma jovem cuja descrição coincide com o da Josephine. Estava sem documentos e até o momento não foi identificada.

– Meu Deus, não pode ser verdade!

– Não querem se precipitar, mas, à primeira vista, parece ter sido suicídio. Morreu afogada no rio Sena.

– Não pode ser ela, Marcel. Ela não se mataria, tenho certeza.

– Irei checar a notícia.

– Você poderia me pegar aqui na livraria? Vou com você.

– Você quer mesmo ir? Lembra-se da última vez que estivemos lá?

– Eu sei, quase desmaiei, mas nessas horas...

Contaria, mais uma vez, com a ajuda do diretor do necrotério para, se fosse o caso, agilizar meu atendimento. Oxalá ele estivesse por lá. De modo geral, os funcionários públicos que trabalham nesses órgãos têm maus bofes e nem sempre podemos contar com sua boa vontade.

"Falar em maus bofes de alguns empregados públicos me faz lembrar dos funcionários de certos consulados; às vezes são pessoas cuja má vontade se mostra em seu mais alto grau."

"A lista seria grande, meu amigo. Se alguma pessoa precisa de alguém, seja lá esse alguém funcionário público ou não, cria-se uma hierarquia entre os dois. O que dá alguma coisa se sente superior ao que pede essa coisa. *Voilá.*"

"Voltemos para a história, estou bastante curioso com o desfecho."

"Calma, já chegamos lá. Voltemos para o caso Josephine."

– Tudo isso é muito triste, Marcel; uma jovem cheia de energia, custa-me acreditar.

– É a segunda baixa do grupo. Ela fará muita falta para alguns que agora se tornaram órfãos de sua leitura.

– Mas por que Josephine teria motivo para se matar? Nunca a vi com depressão, tampouco a vi se queixar de quem quer que fosse ou de alguma coisa.

– Tenho cá minhas dúvidas quanto à hipótese de suicídio; notei um pequeno hematoma no braço dela, talvez causado por uma agulha.

– E o que isso teria a ver com o afogamento?

– Talvez nada, talvez tudo. Pode ter sido dopada ou morta antes de ser jogada no rio. O afogamento foi uma consequência.

– Ela não teria se entregado assim tão facilmente ao seu, ou aos seus agressores. Ela era forte, teria lutado e haveria marcas em seu corpo denunciando a agressão.

– A menos que o agressor fosse conhecido.

– Mas que imaginação, Marcel, típica de um romancista mesmo. E o que você pretende fazer com relação à hipótese de Josephine não ter cometido suicídio?

– Já pedi ao diretor do necrotério que refaça a autópsia focando na possibilidade de assassinato e ele concordou. Nessas horas, vale a pena invocar o *esprit de corps*. Mais uma vez, acho que minha ex-profissão vai me ajudar.

•••

Trinta e dois dias após a morte de Josephine, recebi um telefonema do diretor do necrotério confirmando a morte por afogamento. Ele explicou que foi detectada a presença de diatomáceas, algas unicelulares, na medula óssea femoral dela. Disse, também, que essas algas só poderiam estar naquele local se ela aspirasse água, ou seja, se morresse, de fato, por afogamento. Quando lhe perguntei se as espécies dessas algas eram compatíveis com as espécies encontradas no rio Sena, ele me respondeu que não chegaram a checar. Sobre o pequeno hematoma que vi no braço dela, o diretor afirmou ter ocorrido durante um exame de sangue feito dois dias antes de sua morte, na certa por uma pequena barbeiragem de quem coletou.

– Parece que sua imaginação voou longe, meu caro Watson – disse-me o diretor, terminando nossa conversa com uma ironia claramente estampada na voz.

A polícia encerrara o inquérito, confirmando morte por suicídio. Apesar de todas as evidências, não fiquei convencido.

12

O tempo, sempre o tempo. O que seria de nós se ele não nos ajudasse a apagar da memória tudo aquilo que poderia eternizar os nossos sofrimentos pela perda de alguém querido? Mas, sabiamente, ele não cumpre totalmente sua função. Não apaga todos os registros; deixa alguns para que a nostalgia, às vezes senhora de nossos pensamentos, nos traga de volta a lembrança dos que se foram.

– Como eu, você não conseguiu esquecer a morte de Josephine, não é, Marcel? – perguntou-me Marianne.

– Não, efetivamente não. Ela era tão jovem. Tinha tanta ambição de vencer. Uma vez me dissera que ainda seria uma escritora. Talvez por isso eu tenha tido mais afinidade com ela do que com os outros.

– Eu também sinto falta dela. Aceitei com mais resignação a morte da Bernadete. No final das contas, ela já tinha vivido quase três vezes mais do que a Josephine.

– O grupo se reduziu mais uma vez. Agora somos apenas você, a Bride, o Angus e eu – acrescentei.

– O Angus me telefonou e nos convidou para um lanche na casa dele no sábado. Disse-me que poderia vir a Paris para nos buscar de carro.

– Por mim tudo bem, mas vamos de trem. Diga-lhe que não será preciso vir a Paris para isso. E depois, sabe-se lá. Nunca vi o Angus dirigir e não gostaria de ter sobressaltos.

– Vou confirmar o encontro e telefonar para Bride. Iremos todos juntos. Às três estaria bom para você?

– Pode ser. Só espero que não haja nenhuma greve – disse para Marianne.

– Que venha a greve, meu querido. Foi numa dessas greves que conheci um cavalheiro muito guapo e gentil. E sabe de uma coisa? Ele viria a ser o meu herói – disse-me ela sorrindo.

•••

Quando o trem que pegamos em Paris chegou à Gare de Sèvres-Rive-Gauche, Angus já nos esperava. Dali à sua casa, na Rue de la Garenne, seriam mais dois quilômetros e quatrocentos metros. Havíamos falado para nosso anfitrião que poderíamos vencer essa distância a pé, sem nenhuma dificuldade, mas não fomos atendidos. Ele insistiu em nos buscar.

– Belo carro o seu, Angus; anos cinquenta? – perguntei.

– É um Peugeot 1956 – respondeu ele.

– Já não devem existir muitos como esse por aí – eu lhe disse.

– Conservados como o meu talvez seja difícil achar; mesmo com alguns pequenos amassados aqui e acolá causados por algumas barbeiragens no portão da garagem de casa.

– Esse é o problema dos carros antigos. Não é todo mundo que pode consertá-los, e já não existem mais as peças de reposição. Meu pai tinha um Chevrolet 1940 cujo para-lama sempre era vítima das minhas desastrosas saídas da garagem.

– Bem, pessoal, vamos lá, em três minutos chegaremos ao nosso destino.

A propriedade, herança deixada por sua mãe, ficava em um local ermo, à beira da entrada de um bosque. Cinco grandes quartos, três banheiros, uma pequena sala de jogos e duas grandes salas compunham a enorme casa. Nos fundos, como Angus já nos havia dito, um terreno, um pequeno lago com patos e o que parecia ser uma pequena edificação, totalmente fechada. Havia, ainda, quatro assustadores cães da raça pit bull que, ao sentirem nossa chegada, deram uma clara demonstração de que estranhos ali não eram bem-vindos.

– Não se preocupem, os cães estão presos – disse-nos Angus.

– Você tem uma bela casa – disse-lhe Bride.

– Eu fiquei curioso com aquela construção que você tem lá nos fundos – eu disse a ele.

– É um pequeno celeiro, mas está vazio. Eu o mantenho fechado para evitar que seja invadido por animais.

– Aqui parece tão deserto, Angus, você não tem medo de morar só? – perguntou Marianne.

– Medo, como já lhe disse, eu só tinha um: de que as letras se juntassem para formar as palavras e escapassem dos livros que as continham.

– Mas, pelo que me consta, você superou tudo isso – disse-lhe Bride.

– É verdade. Sugiro que nos sentemos à beira do lago. A mesa já está posta. Podemos comer, beber e conversar à vontade junto à natureza – falou Angus.

– É uma ótima ideia. Nada como sentir o cheiro da mata.

– Essa é uma das vantagens de se ter um bosque como vizinho, meu caro Marcel.

– Angus, não te incomoda ter que pegar um trem todos os dias para ir a Paris? Seu trabalho é lá, não é?

– Há muito que deixei de trabalhar, Marianne; administro uns bens que minha mãe me deixou.

– Seus patos estão bem tratados, imagino que dariam um bom *confit de canard* – eu lhe disse.

– Embora não aparente, esse lago tem boa profundidade e é uma ótima fonte de alimentação para os pequenos peixes que o habitam. Esses peixes bem alimentados, por sua vez, terminam nos bicos dos meus patos – disse-me Angus.

– E eis a cadeia alimentar em funcionamento – falei.

– Um dia desses levo-lhe um deles. Já soube que tem uma ótima cozinheira, Sr. Marcel.

– Não é bem assim, Angus. Vez por outra eu a chamo para fazer um jantar, mas só em situações especiais, quando recebo colegas escritores de outros países.

Já passava das oito horas quando Angus nos deixou na estação de trem. Quarenta e cinco minutos depois estávamos em Paris. Resolvemos acompanhar Bride até a porta de seu edifício. Dali, seguimos para o meu apartamento. Marianne resolvera dormir em minha casa.

– O que você achou do encontro? – perguntou-me ela.

– Nada de extraordinário, mas agradável. Uma coisa, porém, me chamou a atenção...

Antes que completasse a frase, fui interrompido por Marianne.

– Deixe ver se adivinho: o celeiro fechado da casa do Angus.

– Exatamente. Você reparou, ainda, que não havia um livro sequer em toda a casa? Você me havia dito que ele superara a mania de encarcerar os livros, não foi?

– Você tem razão. Não me lembro de ter visto nenhum livro.

– E se ele tem todos aqueles livros, como nos disse, onde estariam? – perguntei.

– Quem sabe? Talvez estejam no celeiro – respondeu Marianne.

– Acho que você tem razão. Se não estão na casa, podem estar lá.

– Mas por que ele nos mentiria?

– Por constrangimento, agora que participa conosco do clube de leitura.

– O que significa que talvez não esteja curado de sua mania, como nos disse.

– É, pode ser.

– Mas deixemos de lado o Angus e suas esquisitices. A quantas andam os processos contra o seu editor?

– Ele já foi citado há tempos. A primeira audiência será daqui a dois meses no Rio de Janeiro.

– E você terá que ir até o Rio?

– Não, meu advogado vai nomear um preposto. Estou finalizando o livro e qualquer coisa que altere minha rotina me atrapalharia muito.

– E, por falar nisso, não sei se comentei, mas vi aquele ator que te substituiu, o....

– Eugène Rufus.

– O próprio.

– Viu? Quando? Você deveria ter me contado.

– Umas duas ou três vezes, diante de minha livraria. Estava sempre acompanhado por mais duas pessoas.

– E por que não me contou?

– Não quis aborrecê-lo. Sei que você imaginou tê-lo visto lá no Marais e que o fato o irritou.

– E me irritou mesmo. Mas, se houver uma próxima vez, me telefone. Quero lhe perguntar o porquê de todo esse assédio.

– Não se preocupe. Você se esqueceu que irei ao Marrocos na próxima semana?

– Ah, é verdade. Pelo menos se ele aparecer, nesses próximos dias, não a verá.

•••

A elaboração dos capítulos finais do livro me isolara de tudo e de todos, e até os encontros com Marianne foram limitados. Além de estar muito ocupada com as providências para a viagem, ela entendia que eu precisava, naquele momento, de isolamento. Era preciso aproveitar os bons ventos que sopravam e davam à minha imaginação o fôlego de que necessitava para vencer a etapa final do livro. Nas semanas precedentes, tinha sido tomado por um desânimo que não me deixava avançar mais que algumas linhas por dia. Interrompi meu retiro literário para levar Marianne ao aeroporto. Chegara, enfim, o dia de sua viagem a Marrakesh. Ela começara a pôr em prática o plano idealizado de buscar um lugar em que pudesse ficar por seis meses. A viagem que fazia naquele momento era de reconhecimento do terreno. Prometi-lhe que, se ela aprovasse a cidade, poderia acompanhá-la. O Skype seria nossa ferramenta de comunicação, e o combinado era que, tão logo chegasse e se instalasse no hotel, me ligaria.

– Que cidade encantadora, Marcel! – disse-me ela, demonstrando rara felicidade.

– Meu primeiro dia na cidade foi de estranhamento – respondi. – Eu só passei a gostar daí a partir do segundo dia. Vai ver que nós homens somos mais reativos às mudanças de ares e ambientes.

– É tão diferente! É exatamente como você me falou. Espero que não fique preocupado com o que vou te contar. Havia pensado em não falar, mas...

– Algum problema?

– Não acho que seja problema, mas vi o Sr. Eugène Rufus no aeroporto daqui. Posso lhe garantir que ele não me viu.

– Mas que filho da puta! Como não te viu? Com certeza está te seguindo. Procure a polícia local e relate o caso.

– Calma, Marcel. Imagina se farei isso. Não se esqueça das relações que a França tem com o Marrocos. Vai ver até que ele é marroquino e veio visitar a família.

– Com esse nome? Não acredito. Você quer que eu vá para aí?

– Não precisa. Quero que você termine logo o seu livro. Tudo indica que em mais alguns meses voltarei para cá. Não se esqueça da promessa que fez de vir comigo.

– Está bem, posso estar imaginando coisas. Mas me prometa: se tornar a vê-lo, volte imediatamente para o hotel e me avise.

– Nem sempre temos conexão de internet aqui no hotel. Não se preocupe se eu ficar um tempinho sem te ligar. E depois, resolvi passar uns dias na montanha, em uma casa berbere. Não vá deixar tudo por aí e pegar o primeiro avião para me procurar caso eu não faça contato.

Em poucos dias Marianne estaria de volta e as coisas pareciam ter voltado ao normal. Voltei a escrever. Sabia que, se mantivesse aquele ritmo, terminaria o livro antes do planejado.

Não podia imaginar, entretanto, o que estava prestes a acontecer.

13

O interfone tocou quando me preparava para ir almoçar.

– Sr. Marcel?

– Pois não?

– Sou eu, Angus. Desculpe-me por não ter telefonado antes de vir, mas aconteceu algo.

– Oi, Angus, desculpe-me, não reconheci sua voz. Suba, aqui podemos conversar melhor. O código dessa primeira porta é cinco, seis, oito, quatro, dois, B. Assim que entrar, basta empurrar a segunda porta. Venha até o segundo andar, dobre à direita quando sair do elevador e estará diante do meu apartamento.

O que traria o Angus a esta hora à minha casa? Não houve tempo para suposições; em menos de um minuto a campainha já soava anunciando meu visitante.

– Bom dia, Sr. Marcel.

– Entre, vou lhe servir um café.

– Obrigado. Acabo de tomar um antes de vir para cá.

– Mas então, você disse ter ocorrido algo e...

– Irei direto ao assunto: Bride morreu.

– O quê?

– A polícia disse ter sido um ataque cardíaco.

– Ela sofria do coração?

– Parece que sim.

– E como você ficou sabendo?

– A polícia encontrou nossos telefones no criado-mudo dela. Acho que telefonaram para o primeiro da lista, no caso, eu.

– Mas que coisa, Angus! É a terceira baixa do grupo. Primeiro, a Bernadete, depois, a Josephine, e agora, a Bride.

– Tentei falar com Marianne, mas...

– Ela viajou, Angus. É provável que eu não consiga avisá-la.

– E quando volta?

– Em mais dois dias.

– A Sra. Bride vivia sozinha. Tinha um sobrinho, mas não o via há mais de vinte anos. Sequer sabia de seu paradeiro.

– Não há como contatá-lo agora. Cuidaremos do desembaraço do corpo e do enterro. Vou ao necrotério, mais uma vez, e tentarei agilizar os procedimentos legais.

Pela terceira vez naquele ano eu ia ao necrotério. Não me agradava voltar àquele lugar, fosse porque sentia uma energia muito pesada no ambiente, fosse porque não gostei do tom irônico com o qual o diretor se dirigiu a mim na última vez que nos falamos. Mas alguns acontecimentos nos levam a repensar as decisões já tomadas e a mudar as atitudes. A morte de Bride parece ter sido uma dessas ocorrências. Eu poderia ter deixado as coisas resolverem-se por si mesmas. Seria mais cômodo para mim, mas alguma coisa me dizia que Bride me agradeceria por aquela interferência.

– Meu caro professor Marcel, o senhor por aqui de novo?

– Perdi mais uma conhecida, ou melhor dizendo, uma amiga; já podia considerá-la como tal. Chamava-se Bride.

– Vejamos, aqui está. Crise hipertensiva seguida de infarto agudo do miocárdio. A delegacia distrital nos solicitou autópsia. Exames de rotina. Em mais alguns dias, teremos os resultados. O senhor quer vê-la?

– Claro. Vamos lá.

Após o reconhecimento e o preenchimento de alguns papéis, voltei para casa. Tinha a esperança de que Marianne já tivesse retornado das montanhas. Liguei o computador e fiquei on-line no Skype. Aumentei ao máximo o volume do alto-falante do computador e fui preparar um chá. Apesar de ser hora do almoço, não tinha a menor fome. Ela me fora tirada pela visita ao necrotério e pela identificação do corpo de Bride. A chaleira com água no fogo começava a emitir um contínuo assobio anunciando que a água fervia quando ouvi uma voz de mulher me chamar no Skype.

– Marianne, Marianne, é você? Espere um pouco, estou a caminho – gritei e corri para o computador.

O número do Skype não era o dela. A identificação tinha apenas letras e números: WR56T.

– Não, senhor Marcel, não é Marianne quem fala. E antes que o senhor me interrompa perguntando quem sou, deixe-me esclarecer uma coisa: Marianne é nossa refém. Ela está bem e continuará muito bem se o senhor repensar alguns de seus atos.

– Repensar meus atos? Quais atos? Deixe-me falar com ela.

– Marcel, Marcel, meu querido, fui sequestrada. Ainda estou no Marrocos, mas não sei em que lugar, eles...

– Chega, você já falou o suficiente – disse a mulher, aparentemente tirando o telefone das mãos de Marianne.

– Provavelmente vocês querem dinheiro. Afinal, o motivo é sempre dinheiro.

– Nós já temos dinheiro suficiente.

– Eu não estou entendendo nada.

– O senhor vai entender. Temos certeza disso, e, por iniciativa própria, fará a oferta capaz de salvar a vida de sua querida Marianne... Daqui a quatro dias faremos um novo contato.

Ouvir a voz de Marianne e imaginá-la nas mãos de sequestradores me deixou em pânico, principalmente porque eu não havia, naquele momento, entendido a exigência feita. Repensar os meus atos. Repensar os meus atos. Diante de qualquer problema, respire profunda e pausadamente, dizia meu professor de hatha yoga. Foi o que me veio à cabeça naquele momento e foi exatamente esse procedimento que me acalmou e restabeleceu minha capacidade de raciocínio. Concluí, então, que tudo estava relacionado aos processos movidos contra o Sr. Raynard. Repensar os meus atos. Na minha leitura, eu deveria retirar todas as queixas que fizera contra ele, desistir de todas as ações na Justiça. Ele planejara tudo fora da França; seria muito difícil provar sua participação nesse caso, pois a exigência foi feita de forma subliminar... Subitamente me ocorreu um pensamento mais aterrador: teriam sido as mortes de Bernadete, de Josephine e de Bride acidentais? Era muita coincidência as três pertencerem ao nosso grupo e terem morrido em tão curto espaço de tempo. Talvez ele quisesse me mandar um recado: olha o que já fiz com essas três. Retire a queixa ou a sua bela Marianne terá destino semelhante. Sua morte parecerá um acidente por overdose de cocaína ocorrida em um beco sem saída de Marrakesh.

Nos dias seguintes, não saí de casa à espera de algum chamado, até que...

– Sr. Marcel? – disse-me um homem.

– Sou eu mesmo.

– Acredito que o senhor já saiba o motivo deste telefonema, não é mesmo?

– Já tive tempo suficiente para imaginar o que devo fazer. E quero lhes dizer que resolvi tirar a queixa contra o Sr. Raynard.

– Sábia decisão. Precisamos da comprovação do que o senhor está nos dizendo. Um bilhete que deixaremos em sua caixa de correio lhe dará as orientações finais.

"E essas orientações, pressuponho, eram para o encontro com o homem de sobretudo e chapéu pretos no Jardim de Luxemburgo, o qual acabou não se apresentando?"

"Exatamente. Ele estava lá, podia me ver, mas não apareceu porque, segundo ele, eu estava acompanhado."

"E o que aconteceu depois disso?"

"Só me restava aguardar. Enfim, ele marcou um novo encontro e manteve as mesmas orientações."

"E você, como da primeira vez, não contou para mais ninguém?"

"Dessa vez resolvi contar. Falei para o Angus. Ele conhecia Marianne, e, além disso, os episódios das mortes das pessoas de nosso clube de leitura fortaleceram um pouco nosso relacionamento. Eu tinha certeza de que ele seria discreto e manteria silêncio; e também que poderia me ajudar caso alguma coisa desse errado."

"Mas você não teve receio de que o homem o visse? Ou que desconfiasse de alguma coisa?"

"Não; pedi ao Angus que mantivesse uma distância segura."

"E aí?"

"Deixei meu apartamento meia hora antes. A pé chegaria lá em menos de vinte minutos. Eu estava a caminho quando..."

"Quando o quê?"

"Aí é que está o problema; não consigo me lembrar de mais nada. É como se não houvesse mais nada a recordar."

"E não vai conseguir; é inútil tentar dar prosseguimento à sua história."

"Agora sou eu quem faz as perguntas. Posso saber o motivo?"

"Porque toda a sua fonte geradora de recordação ou de pensamento deixou de existir, deixou de funcionar, ao menos temporariamente."

"Deixou de existir temporariamente? Você é algum tipo de mago, bruxo ou coisa semelhante? Essa situação é muito estranha. Eu, hem?"

"Bem, chegou a hora de deixá-lo. Voltaremos a nos encontrar."

"Mas quando?"

"Eu estarei, como sempre estive, por perto, mas você não me verá. Dê mais atenção aos seus sentidos. Esqueça o tempo. Procure não se preocupar muito com ele. Quando chegar a hora de nos encontrarmos novamente, o tempo, como você o conhece, deixará de existir."

"Ei, ei, espere um pouco. Não vá me dizer que a pessoa que supostamente estava ao meu lado no Jardim de Luxemburgo era você. Não vá me dizer também que o súbito aumento do volume do rádio, que o piscar das luzes do abajur parecendo acompanhar o ritmo da cantata *Carmina Burana* e que o perfume trazido pelos fortes ventos foram obras su..."

14

Centro Cirúrgico do l'Hôpital Pitié-Salpêtrière, Paris, 1h3min50seg da tarde.

A equipe de médicos que atendera Marcel Rood, dado oficialmente como morto à uma hora e três minutos da tarde, já se dirigira à antessala para se desfazer das vestimentas que utilizava, quando o enfermeiro que ficara para retirar os aparelhos que monitoram os pacientes submetidos a cirurgias deu um grito: – Doutor, doutor, ele voltou, ele voltou. – O eletrocardiógrafo começara a indicar a presença de atividade elétrica cardíaca no, até então, inerte corpo de Marcel Rood.

•••

Um mês depois, uma mulher chegou ao hospital, dirigiu-se à recepção, identificou-se e pediu para ir ao centro de tratamento intensivo.

– O Sr. Marcel já está lúcido. Hoje mesmo será transferido para o quarto e ficará muito feliz em vê-la. Balbuciava seu nome a todo momento. Vou deixá-los a sós. Se precisar de algo, basta apertar este botão.

– Meu querido, como estou feliz em vê-lo novamente!

– Ah, meu Deus! Você está viva, Marianne! Pensei tê-la pedido.

– Ambos nascemos de novo. Eu escapei graças à intervenção de uma das três esposas do dono da casa onde estava presa. Os sequestradores me deixaram amarrada e amordaçada em um dos quartos e saíram. Tinham plena confiança de que ninguém apareceria por lá. Então aquela santa criatura, sabe-se Deus por quê, apareceu e me libertou. Fui à polícia e, depois, ao nosso consulado. Não foi difícil chegar ao Eugène Rufus. Ele confessou o que haviam tramado e acabou entregando o Sr. Raynard.

– Você, pelo menos, sabe o que ocorreu, Marianne. Agora, quanto a mim...

– Você foi dado como morto, Marcel, após várias tentativas de reanimação. Depois disso, ficou inconsciente por quase trinta dias.

– Minha única lembrança é a de ter saído de casa para encontrar alguém no Jardim de Luxemburgo. Depois disso, me vi conversando com uma pessoa.

– Com uma pessoa?

– Estávamos sentados no Café de l'Arbalète e lhe contei sobre o que ocorrera na livraria, o problema com o editor, sobre nós e nosso clube de leitura, sobre sua viagem ao Marrocos, enfim, sobre tudo. Ou pelo menos quase tudo, porque quando cheguei à parte em que saía de casa, fui acometido por uma espécie de amnésia, um branco. Não conseguia me lembrar de mais nada. Essa pessoa me disse, então, ser hora de partir. Eu deveria voltar. Segundo ele, tudo se normalizaria. Disse isso e simplesmente desapareceu. Quando dei por mim, estava aqui, sendo assistido por uma enfermeira, a qual mal conseguia enxergar. Agora já consigo me lembrar de muitas coisas, mas ainda não me disseram por que estou aqui.

– Você levou quatro tiros, mas vai sair dessa sem nenhuma sequela. Tudo voltará ao normal, exatamente como disse seu misterioso interlocutor.

– Acho que agora as coisas começam a ficar mais claras. O autor dos tiros foi o emissário do meu editor, não foi? Mas por que ele fez isso? Eu estava com a pasta e o documento solicitado, e justamente a caminho para entregá-los.

– Não tire conclusões tão apressadas, Marcel.

– Mas é tão óbvio, Marianne. O tal emissário, como eu te disse, receberia o documento confirmando a desistência da ação. Então, quando soube de sua fuga, resolveu me eliminar para escaparem ilesos. Deve ter sido esse o motivo; e acredito que eles tentariam atingi-la novamente.

– Não, não foi isso o que aconteceu. E para que não faça mais uma suposição, preciso lhe contar uma coisa: o autor dos tiros não foi o emissário do Sr. Raynard. Eles nada têm a ver com esse episódio.

– Talvez todos esses acontecimentos e minha internação por tanto tempo tenham me feito esquecer que devemos nos dar um par de dias antes de tirarmos qualquer conclusão. Além do mais, esqueci também que a obviedade esconde algumas armadilhas, e, às vezes, chega a ser mais burra que a própria unanimidade. Deveria ter feito uma reflexão maior antes de emitir qualquer explicação para o meu quase assassinato. Afinal, pode ter sido um assalto, ainda que isso seja raro aqui em nosso Quartier; ou talvez tenham me confundido com alguém; ou outra coisa qualquer que a lógica não consiga explicar.

– Também não foi assalto e não te confundiram com ninguém. Você foi vítima de uma pessoa com a mente muito doentia. Lamento lhe dizer, mas o autor dos tiros foi o Angus.

– O Angus? O Angus? Mas por quê?

– Ele deve ter pensado que se o impedisse de fazer a entrega do documento, eu seria morta pelos sequestradores.

– Mas por que ele quereria nos matar?

– Pelos mesmos motivos usados para assassinar a Bernadete, a Josephine e a Bride.

– Foi ele quem as matou? Fosse eu um cardiopata e já teria tido uma nova parada cardíaca.

– Para mim ele surtou. Aquela história de encarcerar os livros porque as palavras podiam se libertar e enforcá-lo deve ter evoluído.

– Talvez ele tenha decidido ir mais adiante e começar a matar os leitores, ou aqueles que, como nós, reúnem-se para discutir literatura. E como a polícia chegou até ele?

– Eles começaram a duvidar do caráter acidental da morte de nossas três amigas. Já havia uma investigação em curso, na qual todos nós éramos, em princípio e a princípio, suspeitos. Resolveram, então, comparar a espécie de alga encontrada na medula óssea de Josephine com as espécies do rio Sena, local de onde resgataram seu corpo. As algas eram diferentes, ou seja, ela não se afogou no Sena.

– E, por acaso, essas algas eram do lago da casa do Angus?

– Exatamente; e foram aspiradas por ela na hora de sua morte.

– Ele a afogou lá e depois jogou o corpo no Sena, simulando o suicídio. E com relação às mortes da Bernadete e da Bride?

– Ele havia comentado sobre um pequeno amassado no carro, lembra-se? Pois bem. O carro dele, que é bastante incomum, foi visto nas imediações do acidente. E segundo a perícia, um daqueles amassados foi causado pelo choque com o corpo da Bernadete. Ele comprara, também, várias caixas de um remédio à base de efedrina. Os exames toxicológicos revelaram a presença dessa droga em nossa amiga Bride. Ela ingeriu, ou foi levada a ingerir, doses letais do remédio.

– E ele?

– Está preso. Certamente irá para um manicômio judiciário.

– E meu editor, ou melhor, ex-editor?

– Não se preocupe mais com ele.

– Como anda essa questão?

– A prisão dele resolveu o caso todo. Seu advogado já entrou com uma ação de arresto de bens. Parte do dinheiro será para você e parte para pagar as outras falcatruas aprontadas por ele pelos quatro cantos do mundo.

– Então, tornei-me um milionário?

– Será em breve. Está preparado para viver essa nova vida?

– O salário que tenho, por si só, não é suficiente para garantir meu padrão de vida. Os direitos autorais me ajudaram bastante nesses últimos anos. Com toda essa confusão, prefiro não contar mais com esses cheques. Ficarei com uma quantia que supra o extra que recebia e para emergências. Doarei o resto. Por um lado, livro-me de toda essa abastança e exorcizo os prazeres normalmente agregados a ela. Por outro, não fico sujeito aos contratempos que às vezes afligem os aposentados, não precisando, nesse caso, me preocupar com o futuro. Poderei, então, ler e escrever até quando meus olhos puderem enxergar e minhas mãos tiverem força suficiente para atender à minha imaginação, colocando no papel aquilo que ela ordena. E mesmo quando a idade me subtrair esses dois prazeres, encontrarei alguém que leia e escreva para mim; uma nova Josephine.

– E o nosso escritor Marcel Rodd, já tem planos para o novo livro?

– Você não soube, Marianne? O escritor Marcel Rodd foi baleado e não resistiu aos ferimentos. Mas suas obras continuarão, assinadas agora por um tal Marcel Rood. Talvez os leitores nem se deem conta do fato: pensarão ter ocorrido um erro tipográfico quando da impressão dos meus novos livros.

NASCI EM 30 DE NOVEMBRO DE 2011,
DAS MÁQUINAS DA PROL GRÁFICA, EM SÃO PAULO.
FUI COMPOSTO PELA OFICINA DAS LETRAS PARA A
EDITORA OCTAVO COM AS SEGUINTES CARACTERÍSTICAS:
FORMATO: 14 CM. X 21 CM.
PESO: 240 GRAMAS
NÚMERO DE PÁGINAS: 168
FONTE: BOOKMAN
CORPO: 11,5
PAPEL: PÓLEN DE 80 GRAMAS